海天译丛

图尔农街的旧书商

［法］让-伊夫·拉克鲁瓦 / 著

徐晓雁 / 译

Pechblende
Jean-Yves Lacroix

海天出版社
·深圳·

图书在版编目（CIP）数据

图尔农街的旧书商 /(法)让-伊夫·拉克鲁瓦著；徐晓雁译. — 深圳：海天出版社，2020.4
（海天译丛）
ISBN 978-7-5507-2906-3

Ⅰ.①图… Ⅱ.①让… ②徐… Ⅲ.①长篇小说—法国—现代 Ⅳ.①I565.45

中国版本图书馆CIP数据核字(2020)第077206号

版权登记号　图字：19-2018-006号
Pechblende, Jean-Yves Lacroix
© Éditions Albin Michel -Paris 2016
Simplifed Chinese translation copyright © 2020
by Haitian Publishing House
All rights reserved

图尔农街的旧书商
TUERNONG JIE DE JIU SHUSHANG

出 品 人	聂雄前
责任编辑	李　尧　邱秋卡　胡小跃
责任校对	聂文斌
责任技编	梁立新
装帧设计	龙瀚文化

出版发行	海天出版社
地　　址	深圳市彩田南路海天综合大厦（518033）
网　　址	www.htph.com.cn
订购电话	0755-83460239（邮购、团购）
设计制作	深圳市龙瀚文化传播有限公司 0755-33133493
印　　刷	深圳市华信图文印务有限公司
开　　本	889mm×1194mm　1/32
印　　张	8
字　　数	130千
版　　次	2020年4月第1版
印　　次	2020年4月第1次
定　　价	45.00元

版权所有，侵权必究。
凡有印装质量问题，请随时向承印厂调换。

很少有货真价实的死者：
　墓地里多的是冒牌货，
我们的脑袋里也充满幽灵。

目 录

楔子　酷似兰波……………………………001

第一部分　好学徒

1. 普罗旺斯渔民的祈祷……………………018
2. 人类兄弟…………………………………035
3. 战斗计划…………………………………049
4. 皮革与装订………………………………063
5. 7月14日…………………………………078

第二部分　杀人犯时代

1. 伊甸园，伊甸园，伊甸园………………092
2. 爬行动物…………………………………104
3. 文学季……………………………………118

4. 论公妻制 132

5. 噩 运 145

6. 世界上最大的书店 158

第三部分　哈姆雷特，丹麦王子

1. 诗与1942年的真相 174

2. 身 份 186

3. 回归大地 199

4. 羊 群 213

5. 幽灵火车历险记 227

结 局 243

楔 子

酷似兰波①

---

① 阿尔蒂尔·兰波(1854—1891),19世纪法国象征主义诗歌的代表人物。

幻觉还是很起作用的。要相信这一点，只需屏蔽远景，淡化两旁的细枝末节，总之，如拍半身近照那样，尽量靠近拍摄对象。

一系列让人难忘的暴风雨后，三月的细雨中，甚至可以指望飞来几只远离海岸的迷途海鸥。早晨的这一刻，此地似空无一人，唯有植物的芬芳冲淡了巴黎天空中大海般的感觉。杰夫·戈德曼心醉神迷地闭上眼睛，嘴唇微启，像捕猎者那样一百八十度嗅闻。他脸上带着傻笑，上下左右转动脸部，寻找最合适的角度，然后古怪地伸长脖子，似乎要将鼻子伸到地平线下方。他的上半身迎风轻轻晃动，上下起伏，这个年轻人原先以为身上出现溺水征兆不用这么长时间。但在他重新喘气之前的片刻，他可以想象自己迎风站立在一艘巨大邮轮的甲板上，任凭海风和海浪扑打脸颊，挺起胸膛迎向曼哈顿岛。

杰夫·戈德曼重新睁开眼睛，享受在他眼前变成现实的幻觉。他的右侧正好耸立着"自由照耀世界"，就是法国在美国《独立宣言》发表一百周年之际，送给它的那尊自由女神像①。他第一次近距离观察这座塑像，近得触手可及。自由女神像的金属外表与他在新闻中看见的别无二致。他将皮公文包夹于两腿间，从风衣中掏出一条手绢，擦拭眼镜。偶然散步到此，正好借机细细欣赏这个雕像。杰夫围台座慢慢绕了一圈，分析塑像脸上的表情、略显僵硬的线条和长袍的皱褶。根据现在的审美观念，他觉得自己的样子无论是在外表还是在精神上都不符合流亡者的形象。没办法。杰夫缩了缩脖子，后退两步，像个考试不及格的士官生。雨正好停了，他重新擦了擦眼镜。"自由女神像"后，高大的山毛榉的枝条又被照得亮堂堂的，长出无数细小光滑的枝条和勉强排列整齐的嫩芽，好像卢森堡公园上空长长的带刺铁丝网。他这时才想起自己是来这里参观植物园的。

9点稍过，杰夫·戈德曼就在巴黎高等师范学院图书馆的登记簿教员一栏，签下了自己的名字。他在一个靠窗的座位上摊开自己的物品，一支铅笔和一个小本子，准备攻读最关键的资料文档。前一天晚上，在浏览一篇

---

① 卢森堡公园的自由女神像名叫"自由照耀世界"，是法国赠送美国的自由女神像的第一个蓝本。

有关帕普斯①难题的论文时,他发现了一桩惊人的剽窃指控案。论文的作者,第二帝国时期某位默默无闻的辑录者声称:笛卡尔直接受奥马尔·海亚姆②《代数学》的启发,写出了他的第二本《几何学》。笛卡尔主义革命的源头竟是一位诗人!这线索似乎十分有趣。引文的比对让这位专家感到很震惊,不过杰夫还是打算先仔细印证那位老学究选出的引文再采取行动。

阿布·法斯·奥马尔·本·易卜拉欣·海亚米,奥马尔·阿勒-海亚姆,奥马尔·阿勒-海亚米,乌玛·阿勒-海亚米,奥马尔·海亚姆,奥马尔·海雅姆,奥马尔·开雅姆,当然还有《代数学》,杰夫逐一查看词条目录,以确保没有遗漏。结果为零,卡片未提供任何有价值的线索。在诗人不同版本的《四行诗》中,也未找到任何与数学有关的参考文献。也许存在某个欧洲译本,隐藏在某个合集的题目下,但杰夫觉得没必要去科学杂志期刊室这书籍的大海里去捞针,而更愿意去旧书商那儿碰碰运气,或留在家里修改补充论文。三个星期来,论文的清样像个羞愧的侏儒,在公文包里到处陪着他。茹夫印刷厂的排版乱七八糟,单是浏览那些长条校样

---

① 帕普斯,古希腊数学家,生前有大量著作,但只有《数学汇编》保存下来。
② 奥马尔·海亚姆,古波斯诗人、数学家、天文学家、医学家和哲学家。

稿，他就已经心力交瘁。自他的第一本书几个月前出版后，他的底气也许就越来越不足。他在那本书上耗尽心血，牺牲了极宝贵的时间。他深知本次出版的重要性，相信那一沓印好的纸页可以重新定义他生命的重要坐标。他渴望以自己的名字出书，就如虫蛹渴望破茧成蝶。

题为《论数学的结构与存在》的著作12月在书店上架，当然未溅起什么浪花。少数敏感的批评还是来自他的竞争对手，一名比他年长5岁的巴黎高师毕业生，在他们系里傲视群雄的让·卡瓦耶。他们相互欣赏又相互厌恶，先不说卡瓦耶是社交场的老手，梳着大背头，一脸坏笑，杰夫主要视他为自己在公理学或数学哲学领域学术生涯的一个永远的障碍。到目前为止，杰夫一直不愿去外省高中谋职。然而随着时间流逝，他越来越觉得自己的希望被冻在了圣-热内维埃夫的半山腰，被困在了图书馆的一排排的书架间。自1927年进入巴黎高师后，杰夫·戈德曼仅有过三年时间逃离乌尔姆街[①]：服兵役，在日本大阪任教。回法国后，这位巴黎高师的毕业生得以进入助教行列，挣一份工资以准备他的教师资格考试。杰夫依赖这所学校过日子，就如贻贝依赖养殖场的木栅，那是一种深入骨髓的依赖。他不再睡在学校里，但

---

① 巴黎高等师范学院所在地。

午餐和晚餐都在学校食堂解决。至于图书馆,那简直就是他单身公寓的附属建筑。

一年年过去,杰夫可以说成了这里的常客,他低调和蔼,乐于助人。比如每年开学,他都会带领新生参观他的地盘。这位助教斩钉截铁地告诉新来者,他们在图书馆度过的时光会让他们的肉身不老,仿佛这是个科学定理。他以自己的生活习惯和年轻外貌现身说法。然而,到了30岁,这个永远的大学生也终于陷入世俗的旋涡,感到了生命的短暂无情。他自诩这就是天才要走的路。在自己的课上,杰夫常常提及埃瓦里斯特·伽罗瓦,巴黎高师一位具有传奇色彩的校友,别具一格的数学家,21岁时死于决斗。他私底下承认,世界上最悲惨的莫过于一位天才在黎明之际,发现自己再也没有时间来揭示自己的全部理论。最近,杰夫老是抱怨迅如闪电的命运尚未给他机会,让他的生命大放异彩。他的未婚妻再也忍受不了他的虚伪。10年来,他第一次感到无牵无挂。

杰夫·戈德曼抱着信件从学校出来,朝先贤祠方向走去。他先去吉贝尔书店碰运气,无果;随后转到索邦广场上的布朗夏尔科学书店,那里的人客气地指点他去参议院附近的一家书店。在图尔农街,他找到了那家书店：两排朴素精致的宽大橱窗，店内的装饰也同样低调、大气、细腻，免得惊动顾客。杰夫庆幸找对了门。书店主人才35岁，却已是行业翘楚，记性极好：名字、地点、日期，什么都记在脑子里。这位行家仿佛昨晚刚核对过奥马尔·海亚姆《代数学》的法文版，因为这个版本确确实实存在，是弗朗茨·沃普克于1851年出版，由巴黎克鲁瓦特–圣伯努瓦街的学院书店的本雅曼·迪普拉提供经费。这甚至是各语种版本中唯一的印刷版。书店老板从未在市面上见过这本书，不过他强调说他的科学书籍部门新近才成立。杰夫·戈德曼听了颇为惊讶，默默记在心里。他注意到在书店角落，有位英俊的年轻人也在侧耳倾听。此人身材高大结实，有运动员般的体魄和被放逐的天使那样俊美的脸，凌乱的栗色头发衬托着一双忧郁的蓝眼睛。

"国家图书馆可能有。如果您迫切想要这本书的话，我可以马上派出我的探子。"书店老板一边补充道，一边朝他的助手使了个眼色。

那个年轻人露出灿烂的微笑。"当然迫切！"杰夫·戈德曼马上说。他拿起书店的一张名片，"中间体书店，经营诗歌、古代科学书籍，店主爱德华·梅森"。走出店门时，他发现一张铅灰色的裸体画，旁边的墙上还有一张尺寸很小的肖像，令人吃惊。他无法分辨这是一张旧照片还是一张当代素描。一些白色颗粒侵蚀了脸部轮廓，让浓密的头发有一种炭笔画的感觉。

"这是您的助手？"杰夫向书商试探道。

"是阿尔蒂尔·兰波，16岁生日的兰波！"

稍后，黄昏时，无所适从的感觉变成了更具体的担忧。当天，在学校收到的信函中，除了两份行政文件，杰夫还发现一封来自意大利的信。鸿篇长信足有20页，用打字机打在白纸上，每页边角都有一个红墨水的大写字母V。信封上还有文字审查标记，在印着贝尼托·墨索里尼头像的三枚邮票边。邮戳显示信从米兰寄出，寄于法西斯纪元第16年12月7日16时。无寄件人的地址。信中文章标题为《价值规律在社会科学及物理统计中的运用》，标题下有一行小字："致杰夫·戈德曼，罗马留念。埃托尔·马杰罗纳，米兰，6 ott.37[XV]"。

杰夫·戈德曼想起了这个写信人，一个看上去像受惊乌鸦似的西西里人，是作为原子结构专家及恩利克·费米[①]的助手被介绍给自己的。6年前，1931年12

[①] 恩利克·费米（1901—1954），美籍意大利裔物理学家，在现代物理理论和实验物理学方面都有重大贡献。

月,他逗留意大利期间,在罗马物理研究院认识此人。两人都代表自己的专业参加了"对称结构概念及其在数学和物理领域最新运用"国际交流大会。然而与会人员及会议组织者大部分是体制内的人,他们很快发现会议的目的首先是拉近法国和意大利之间的关系。同样年轻、同样感到无聊,对德国人持同样的看法,让他们的相遇成为偶然中的必然。他们在潘尼斯帕纳街空荡荡的实验室里埋头三天三夜,下了上百盘计时国际象棋。马杰罗纳突然袭击的功夫显然强于杰夫。杰夫尤其记得他那双粗短、关节突出的手在棋盘各处移动的样子:掌心朝下,活像一只鸟在飞。他说话优雅,声音低沉,是很少见的一个人。两人后来再没见过面,也没通过信。杰夫·戈德曼尤其不解的是,虽然新闻检查已确定了这篇文章的无害性,但仔细一看,法西斯警察还是花了整整60天时间才决定让信寄出。而信,花了更多时间才寄到。

杰夫认真研究起这篇文章来:他毫不费劲就能读懂的技术词汇可以说是一种遮掩,但掩盖什么呢?他没有掌握足够的意大利文语法来体会其中的奥秘。每一页纸上的警察检查标记都让他本能地有一种不祥的预感。信是5个月前寄出的,是否隐含了某种紧急情况?杰夫应该放下手头的一切来揭开这个谜。

他拿起一张白纸,从中间一裁为二,又将前半张再一分为二,在每张纸条上用大写字母写下同样的招聘启事:"巴黎高师助教寻找熟悉意大利语者,有偿工作,紧急。请回复到戈德曼信箱。"对于剩下的半张纸的用途,他犹豫了片刻。在一个大家都以社交圈来评价个人价值的时代,杰夫打心里不愿求助于任何特权,但他还是想到了他的同学德塞萨尔,一个墙头草一样的家伙,刚刚在外交部觅得一职。他们是在路易-勒格朗高中①认识的,后来在乌尔姆街的青年社会党队伍中相熟。对这个同学,杰夫至少可以找到现成的借口,于是他潦草地写道:

亲爱的艾马努埃尔:

我从报纸上得知你被选派到了外交部。请允许我向你祝贺,但也想冒昧问一个问题:是怎样反常的逻辑促使一名贵族在布尔乔亚的报纸上以投身人民阵线政府为荣?人民阵线垮台已差不多两年,这可不是你声称的胜利,也不是布鲁姆②的回归就能让它起死回生。我风闻你最近的一个恶作剧,听说你在社交晚会上讲了一个寓言,说参议院雇员们通过力争得到了一个人工菜园。

---

① 巴黎著名的高中。
② 莱昂·布鲁姆(1872—1950),法国政治家,1936—1937年任法国政府首脑。

我去了卢森堡公园,找到了植物园旁传闻所指的那个地方,那里只有一片草。我也许不能告诉你什么,但我在那里看到了你的那些社会主义的崇高理念。祝你身体健康,老同学,埋头苦干吧!

杰　夫

又及:我猜埃塞俄比亚事件恶化了我们同意大利的关系,但我很想知道一位名为埃托尔·马杰罗纳的物理学家近况如何。他跟我们年纪差不多,也许住在米兰。30年代初期,他在罗马的恩利克·费米团队工作过。

第二天一大早,戈德曼再次走在去学校的路上。他用图钉把小广告钉在大厅显眼处,接着去了图书馆。他要在那里待上一整天,后面几天也如此。很快有译者应聘。在研究过程中,杰夫继续尽其所能,在科学杂志期刊室研读所能找到的近20年来有关原子物理和原子化学发展的文献。鉴于自己在这方面基础薄弱,他只能看勉强看得懂的那些文章,因此没有看马杰罗纳用德语发表的有关能量交换的一篇文章。杰夫对相关的概念有些模糊,最近的接触也要追溯到12年前。他还记得高三时,他的老师米肖先生,一名物理学狂热爱好者,经常与学生讨论物理学理论的最新发展。

随着阅读的深入，杰夫看到往日的光芒重现。他记得在一堂讲能量守恒定律的课上，米肖在黑板上写下一个公式。根据公式，一个粒子在静止状态下自身的能量等于它的重量乘以速度的平方，写成公式就是：$E=mc^2$。老师把一块一公斤重的生铁放到书桌上，然后让学生们根据爱因斯坦的能量守恒公式，计算这一重量完全转化为能量将是多少。杰夫还记得计算出来的结果相当惊人，250亿千瓦，相当于那个时代全美国100天的用电量。对米肖来说，这明显证明德国科学家的这套理论有多荒谬。他认为，巨大的转换系数（30万公里的平方/秒）表明，这是数学上的一种虚妄，理论的怪物，而非任何物理事实的秘密。

米肖之后，物理学界对原子的认识有了长足进步，新的前景展现在面前。新的能量守恒定律似乎使大部分科学家相信物质蕴藏能量之巨。无限小的物质呈现出一种巨大的破坏性。原子从此凝聚了狂人的希望，而它在军事上的价值又引发极大的恐惧。在瑞典皇家印刷局的一份宣传册上，杰夫看到了诺贝尔化学奖得主弗雷德里克·约里奥–居里1935年12月12日在颁奖典礼上的发言全稿。获奖者回顾了人工放射性的发现过程，认为它在物理、物理化学及医学领域的使用可以造福人类。但涉及原子，有人提出要让原子成为永不枯竭的能量来源；提到"具有爆炸能量的嬗变其实是一种系列化学反应"，专家们要是"随意让物质发生裂变"，就可以引发和传播这种连锁反应。对此，诺奖获得者在发言中表示担忧。到目前为止，这种毁灭世界的疯狂意愿还无法预测。独自徜徉书海的杰夫·戈德曼开始感到不安。

1938年4月2日下午，杰夫终于得到了期盼已久的那篇《统计学原理在物理学及社会学中的价值》。在乌尔苏拉与盖-吕萨克街拐角的一家咖啡馆里，他首先匆匆浏览了译稿，随后从容地看了第二遍。他强忍住自己的失望，这篇文章纯粹是老生常谈，仅最后的类比还有点独创性，与他近期阅读的东西有些不一样，尤其是关于系列化学反应的描述。他反复琢磨这段话："单个放射性原子的意外裂变可迫使自动记录仪记录其机械效应，因此只需人为操控普通实验室，单个放射性原子意外裂变，便可'指挥'复杂壮观、惊心动魄的连锁反应。人类的许多大事，很可能只由一个重要但同时也很简单很意外的小事引发，从科学的角度来看，不得不认为这一说法言之有理。"

下午6点，杰夫来到16区的拉米埃特宫。德塞萨尔正在庆祝升迁，现场人头攒动，有很多伯爵夫人和戴着蝴蝶领结的先生。杰夫决定穿过客厅，不惜用臂肘挤出一条路，一直挤到吧台前。阿谀奉承的人们早已把男女主人围得水泄不通。杰夫摘下眼镜，放入外衣内侧口袋，向侍者要了一大杯双份潘趣酒。他周围嘈杂的人群都是从前路易大帝高中和巴黎高师的故旧同行，他并不想见到他们，也没什么好说的。当然了，他这个巴黎高师毕业生也通过了他们的会考，出入他们的学校，但他仍是那些人眼中的外来者。他知道自己没有背景，永远不会属于这个圈子。他喜欢特立独行，不与那些追名逐利者同流合污。他们中不少人自以为有着高贵的欧洲意识，因为他们冬季要去圣莫里茨①度假，或每年以工作名义出国几次。

然而，即便那些已跻身外交部的人也不喜欢长期逗留国外，大部分人都住在离自己的出生地不到5公里处，很可能步父母后尘也终老于此。这些伟大的国家公仆们，傲慢得俨然他们就是文明最杰出的代表，在世界之都的极度奢华中招摇过市。然而，他们的巴黎已堕落

---

① 圣莫里茨，瑞士东部小镇，拥有世界上最古老的滑雪场之一，曾经举办过两次冬季奥运会。

成一张关系网，犹如乡村，等级森严，私下勾结，因循守旧。尽管他们身居高位，杰夫更多是觉得他们徒有虚名，而不觉得自己是无名之辈。

晚上8点左右，艾马努埃尔·德塞萨尔有点为他的来宾的行为举止担忧了。杰夫一直没有放下手中的酒杯，别人跟他打招呼他也不理。

"你这粗野的家伙，你到这里来不只是为了胡吃海喝的吧？你的那件事，我有消息了。"

杰夫忍受着那个外交官没完没了的开场白，因为艾马努埃尔想表明他在这件事上所遇到的困难，以及他如何挖空心思说服法国驻梵蒂冈大使同意开展调查。

"你就得意吧……"杰夫不耐烦道。

"马杰罗纳去年3月26日就被报失踪了，你已经知道？好吧，公开的说法是：自杀。卡宾枪骑兵①找到了他亲笔签名的两封信。但问题在于他是在那不勒斯与巴勒莫之间的海上失踪，警察没有找到尸体。我的线人听说这是一场国际阴谋绑架。但他的家人认为他是故意消失，准备在报纸上刊登寻人启事。我认为这两种推测都荒谬至极。那个人已经5年没有去任何实验室，人们甚至不知道他是否还在继续研究敏感课题。对了，你要找这

---

① 卡宾枪骑兵在意大利就相当于法国的宪兵。

个意大利佬干吗？"

一个星期后，莱昂·布鲁姆的第二政府垮台，只撑了一个月。艾马努埃尔·德塞萨尔在这个位置上很可能待不长了，但不知道还有多久。杰夫·戈德曼不得不放弃通过外交途径来打听马杰罗纳失踪一事。他不断想起那位物理学家所写文章的结论，一个星期来反复思考其最后的类比，评估其影响力，把它当作一个传言，从物理学的角度来考量。一边是原子裂变，另一边是一个简单、致命、无法预测的孤立事件，影响了全世界：杰夫想到了恺撒穿越卢比孔河，或更近些，斐迪南大公被刺杀。在埃托尔·马杰罗纳看来，两个类比术语，谁阐明谁？能量释放，它们共同的产物。

杰夫·戈德曼从不怀疑战争将卷土重来。1933年纳粹掌权时，当他那些平庸的同学主张彻头彻尾的和平主义时，当大部分人以社会主义的名义逃避时，除了强制性兵役，他还自愿服预备役兵役。他从不怀疑战争的脚步正在逼近。不过他现在已隐约看到一个秘密的关键问题：对他来说，自我完善的时间到了。

第一部分

好学徒

1
普罗旺斯渔民的祈祷

吕西安开始不耐烦了,他在那儿排了已经十来分钟,队伍最前头的那个干瘪老太婆波齐太太还以为就她一个人。真恨不得一把掐死她!她不停地将那些花菜翻来覆去,一会拿起一会放下,唠唠叨叨,并向商贩提出无数古怪的问题,以满足自己的怪癖。市场的挂钟指在了9点15分,吕西安心想,老板肯定又要为他的迟到生气了。其实,昨天晚上,在中间体书店,他们一起制定出行清单时,什么也没遗漏呀!在带薪休假时常有的兴奋气氛中,吕西安逐一核对关键部分:行李、塞在冷藏箱饮料边上的快餐、手套、公路地图、太阳镜,甚至包括以防汽车水箱发热时用的大瓶蒸馏水。

然而,无论是他还是爱德华·梅森,谁都没有想过他们不在时,松松该怎么办。松松是只波兰小白兔,表面看起来很温顺、很听话，其实是个不出门的小独裁者，喜欢待在家里，完全受制于生物钟，很少外出。任何饮食改变，甚至坐一会儿车都会对它造成致命打击。吕西安半年前从母亲手里接过这只小兔子，作为告别礼物。老板也承认不能把它扔到大马路上，然而，参议院周围少数还未关门的商家，没人愿意接下这个包袱，连小酒馆也不愿意。正常情况下，他们本可以指望奥黛特，但老板的妻子刚坐火车去了圣布雷凡-洛塞昂的姐姐那里。幸亏，临近9点，他们逮住一位同行皮托克，他正从参议院那边走下来，回塞纳街的店里。

"现在是7月10日，你要买甜菜？你没弄错吧？甜菜的季节过去了，现在我卖菠菜！别撒谎说你忘了，半年前你还是干这行的！"商贩突然发火了。

塞纳-布西市场，在身后长长的队伍里，不止吕西安一个人不耐烦。队伍有些骚动，有人愤怒地跺脚，呵斥声从这群家庭主妇中响起，各种指责集中爆发。

"想想你在长凳后面从我们身上赚的钱，波齐太太，你还是给自己买一副助听器吧！"队伍中一个庸俗的女人大声地说。

"买一副助听器和一副眼镜！"商贩附和道，因为那个老太太还在斤斤计较手中的零钱。

"我差不多是快死的人了。"那瘦小老太令人讨厌地苦笑道。

气象预报可不能简单归结为热力学、流体力学问题，像波齐太太这样的巫婆对此知道得很清楚，并且将秘密传给了女儿：天气如何，取决于世界上不到两米高的人类怎么看。

这天上午10点15分，当双门四窗的雪铁龙C7前驱小汽车驶出让蒂伊门时，在它崭新的黑色车顶下，看不到任何乌云的影子。吕西安露着灿烂的笑容，对一切都赞叹不已：桃花心木、镀铬部件、真皮座椅。这是他第一次坐汽车行驶在这个国家的道路上，他还从未去过外省呢！临近16周岁生日，他十分珍惜这次远行，仿佛这是一种信任，一份精心选择的礼物。在这广阔的世界里，他到目前为止只到过巴黎市中心、比西街、圣日耳曼一带和先贤祠广场，还有就是他与母亲为履行家庭义务每周日要去的圣旺①跳蚤市场、利克莱斯工厂周边和比龙市场这几个区域。总之，他对图书市场知道得不多。过去

---

① 圣旺，法国城镇名。

在爷爷的店里，他觉得自己对那些淘宝者，诸如掮客、商贩、收藏家等的行为习惯有点了解。

多年来，吕西安认真观察那些爱书人的奇特习惯。书虫们买书时慢吞吞、不厌其烦，他常觉得他们的一些怪异行为和荒诞想法很丢份。他们是另一类人，十分古怪，身上散发的霉味让人一眼就能认出他们。与这些自以为是的蠢人不同，梅森身上只有高级香水的味道，无论在什么情况下，他的指甲都干干净净。拆包时，只有情况特殊，他才会亲力亲为。他尤其懂得如何表现得慷慨大方。在众多同行中，只有他尊重学徒，将之视为未来的同行，而不是把他们当作可以随便呼来喝去的长工。

吕西安已经发现，他的老板不但与跳蚤市场里的那些嘴里叼着烟斗的霸王完全不同，在首都旧书业界也特立独行。爱德华·梅森比其他旧书商更年轻，穿戴更讲究，知道自己的实力。他十分机灵，在旧书业界自然被视作一位不可模仿的大师。吕西安将他比作自己的座驾：快速、坚实、流畅、加速快。除了这些纯粹的机械性能，他的举止和品位也很高雅，而且记忆力超强。吕西安从心底里佩服这个能记住各种需求并在一天之内给出答复的男人。他经验丰富，可以一边轻松与人交谈，一边在脑子里保存大量重要信息，需要时可以毫不费劲地调动它们。

爱德华·梅森原籍比利时，母亲是英国人，祖辈中出过众多作家和人文科学教授。1922年，他刚满20岁便前往巴黎。刚开始，他过了一段放荡不羁的生活：在蒙帕纳斯，人们日夜狂欢，青春不老。后来没钱了，便去阿尔泰出版社工作，那是当时最擅长出版学术著作的出版社。之后，他创办了自己的出版社。在4年时间里，爱德华·梅森只出版几年前在大肖米埃街热闹的晚会上遇到过的画家和诗人的作品。1928年，他开了一间自己的书店，承认自己最初的顾客和藏书均来自至亲的人脉资源：祖父是杰出的文献学家，父母都在演员生涯中取得了不小的成功。爱德华·梅森很善于利用自己家族在文人骚客中的名气，清楚自己于这份职业有得天独厚的优势。他很小的时候，母亲就带着他到处走：看戏剧，看芭蕾，参观画家工作坊，把他介绍给各路名流。在玩笑中，他甚至强调说自己属于莎拉·伯恩哈特[①]千挑万选的教子之一：

"你放心好了，吕西安，在我们的一生中，出身

[①] 莎拉·伯恩哈特（1844—1923），法国舞台剧和电影女演员，被认为是当时"世界上最著名的女演员"。

并不能决定一切，既不能预定财富也不能预定毁灭。在这场游戏中，偶然性是最重要的平等原则；牌桌向四面八方的人开放，接待背景各异的个体。面对书籍，唯一起作用的是人的价值，而不是他的家世。当然了，社会关系会带来一些差别，但远不如动物般的嗅觉和敏锐重要。"

爱德华·梅森从不放过对吕西安进行标准化教学的机会：给他讲解这门职业，制定良好的规划，给他解释各种窍门和日常工作，从来不留私货。为了证明自己的话，他花很长时间讲述第二季拉伊尔拍卖会之后，1931年5月的危机给行业带来的沉重打击：一夜之间，书突然不值钱了，比如一本品相良好的拉封丹《寓言集》现在3000法郎也没人要，而两个月前，也许它在几小时内就可卖到2.5万法郎；昨天还备受觊觎的藏品现在被迫在业内交易，同行们受拖累一个个相继倒下。在两年时间里，爱德华·梅森靠着他的库存，做些翻译活作补贴，在山穷水尽前勉强支撑着书店。

他刚转手卖掉的那份文献就来自拍卖行。那是1934年5月的一个上午，皮托克和右岸的另一名书商告诉他，翌日德鲁奥拍卖行将拍卖一批来自洛梅尼·德布里耶纳城堡的家具。那个著名家族将城堡里的一些物品在仓库里存放了几十年，但其后代谁都不愿意支付寄存费。这批抵押品将进行司法拍卖，这是捡漏的难得机会：广告极少，没有拍品名录，也无专业鉴定，没有任何专家描述过这批拍品。三位书商约好当天下午在德鲁奥广场见面。同一编号下的几百个装有旧账本的收纳盒散乱地堆放在大厅一角，将向好奇者揭开面纱。账本厚约30厘米，又宽又圆的书脊包着木纹图案的小牛皮，用线装订成统一的式样；红色的皮面上标有年份，时间跨度在13世纪中叶到18世纪末之间。可惜中世纪的盒子很少，里面几乎也没什么东西。但其他盒子装满了各种分卷、各色讽刺小册子、抨击性文章、文学小品等，不下三四千本。稍作研究，这三人就能在各自擅长的领域中鉴别出连他们经常接触的文献学家和公共收藏机构都未发现的稀世珍宝。显然，这三个伙伴面对的是一批私人档案，为奥布地区这个名门望族所拥有。从路易十三时期到法国大革命之间，这个家族出了几位国家政要。随着岁月流逝，一张纸片都已经变得很金贵。这三个人没有丁点迟疑，一致决定全部买下。

第二天，猎犬般出现在拍卖行的书商都去了一场18世纪的彩色年鉴拍卖会，而忽略了同一时间在德鲁奥进行的洛梅尼·德布里耶纳家族的物品拍卖。只有梅纳街上的旧书商阿尔伯托·萨维尼奥似乎准备出手,据说只要涉及书册典籍,他就会表现得凶神恶煞一般。这批盒子从500法郎起拍,萨维尼奥紧咬着不松口,一百一百往上加,一直加到一万,他占据着拍卖的主动权。三人组有些动摇了,梅森不顾同伴反对,大声喊道:"10100!"萨维尼奥只好抽身而退,离开前,他像大人物那样做了个手势道:"我就让给你们了,先生们!"

他们胜利了,立刻叫搬家车运回了这些盒子。一个周六,在图尔农街空旷的仓库里,他们终于可以自由自在地摊开这些东西。他们开出去的是空头支票,在银行开门之前,他们最多只有72个小时把一部分宝贝兑换成货币,以填补银行账户。

"奇迹般的捕捞!祝你将来也能经常遇到那样的时刻,因为它带来的激动可不是常有的。我们只卖了十来本小册子给一位顾客,就把成本都赚了回来,当然那家伙也恬不知耻地趁机压价。话说回来,吕西安,你知道普罗旺斯渔民的祈祷吗?"

"可是,老板,您很清楚我父亲最恨神甫!"

"你还是听一下吧,也许会喜欢呢?'主啊,给予我们足够的鱼吧!够我们吃,够我们卖,够我们送人,够我们被偷。'这是书店经营理念的最好体现。言归正传,按各自擅长的领域,我们平分了剩下的东西,每人分到了约15000本书。我要对你说,你从事的是一份多么美好的职业!我们三个人当时都濒于破产,几乎都喘不过气来了。结果德鲁奥的一个下午,我们就全都缓过来了,变得像铁打一般结实。"

这一天的旅行就像是在学校上了一天的课。他们在第6国道的287公里处,埃尔内-勒杜克的卡米耶之家歇脚过夜。翌日天一亮又出发了,因为还有很远的路要赶。路上的热浪和马达的轰鸣声把车里的人搞得无精打采,吕西安心不在焉地听着老板自言自语。他在想着南方的无产者们,想着他们的诉求。出于原则,他自称反对祈祷,就如他反对一切无聊的废话和专制父辈的强迫性观点。他吹嘘自己手握铅笔读过马克思的书,《共产党宣言》显眼地摆放在他的床头柜,就在兰波的作品和烛台边上。他一边哀叹鸦片给人民带来的恶果,一边又忍不住想去体验丰富多彩的梦境,正如他顶不住教理讲授的诱惑。普罗旺斯渔民的祈祷以一种模糊的方式让他感觉到,他的成功之处正是他正统观念的失败之处:未来的召唤与昔日的回响微妙地融为一体。

他们计划傍晚时分到依云镇①,吕西安同他老板要在当地见一个叫阿希尔的人,此人曾在巴黎做出租车司机,十几年来这一地区的所有财富都是他运输的。爱德华·梅森与十来个法国城市的司机保持联络,每当有遗产继承这类事发生,他们就会充当信使和捎客。梅森来过依云镇几次,他对吕西安说,那是一个不起眼的小村落,在夏天令人昏昏欲睡,总之十分安静。甚至太过安静,因为莱芒湖为此地呈现出一幅如此逼真的天堂景像,让人以为来到了亡灵之岸。

然而,1938年7月11日,萨瓦尔小镇的中心地带混乱得难以形容。在火车站前的集合点,阿希尔看见一个穿着英国王室制服的人,表情冷漠,一阵风似的经过。他周围有十多个不知来路的人,在一片可怕的嘈杂声中挥舞着手里的帽子。那些人个个都穿着优雅,看上去像头等座的旅客,却没一个人携带行李。男男女女从远处高声嚷嚷,乱作一团,都想挤进那个小圈子里去发飙。身处一群被饥饿折磨的批评者中间,人们还以为这是世俗演出的幕间休息。这个小镇在王家酒店宽敞的沙龙举行一个有关难民问题的研讨会,今天已经是第6天,32个国

---

① 即出产著名矿泉水品牌"依云"的小镇。

家回应了罗斯福总统和法国政府的呼吁。阿希尔告诉他们，这些愤怒的旅客不属于正式代表团成员，但代表40来个非政府组织，自发地大批来到讨论现场。组织者在拖延了几天后，终于决定把他们挡在讲坛之外。这些非政府组织成员一致行动，坐晚上7时58分的火车去日内瓦民族阵线总部进行抗议。从下午开始，就不时与警察产生剧烈冲突，这在这个地区可从未见过。

"从第一天起，美国人和法国人发言完毕后，事情就已经变味，"阿希尔解释说，"澳大利亚代表严肃地宣布，他的国家不存在种族问题，也不希望进口这类问题。谁都不想要逃难者，这些到处逃窜的犹太人带不来一分钱。人们更愿意遐想，更愿意别人给他们讲讲其他事情。甚至连记者都悄悄溜走了，巴黎记者跟外国记者都一样。结果，人们只是在当地报纸上谈论'国际会议'，可以说是为城市做了个广告。另外，还有一周，环法自行车赛就要经过依云镇了。这，至少是肯定的。在这之前，旅馆几乎都是空的，你们会挑花眼。"

第二天早上，三个男人结伴前往离湖畔不远的芒通-圣拉扎尔城堡，就在去托农的路上。吕西安想去那里见识堪比王家庭院的院落、法式花园、穿着豪华制服的侍者。在令人联想到电影《泰山》豪华布景的绿树丛中，两个女人和一个男人已经站在门廊的台阶上，三个高大端庄的身影注视着他们的到来。吕西安一眼就看到他们的居家模样和有着破洞的拖鞋。阿希尔介绍完双方后很快消失了，留下行家们谈正事。两名书商被领着穿过几道墙壁斑驳开裂的走廊，来到城堡侧翼，这里看上去比其他地方保护得更好些。一条宽阔的长廊上排列着带玻璃门的高大书橱，里面放满了装帧精美的书籍。书籍保存得十分完好，至少看上去如此，因为能看见的也只是极小部分。长廊的上半部分，被室外大树的枝条遮挡住了全部圆形小窗。

"我们断电了，今天也没叫人来修复。那里有几包蜡烛和几个烛台。"

在伯爵介绍祖上的藏书室，细说一系列无关紧要的逸闻趣事时，爱德华·梅森礼貌地点点头，不动声色地开始检查书柜。他漫不经心地看着一排排的书，时不时抽出一本来翻阅，仿佛在寻找曾经打动过他的某些段落。实际上他仅仅翻开最初几页，只要看见扉页上有题献，书签上有字迹，书名是赭红色的，他都会用力合上书本。吕西安试着全方位模仿他。只要城堡主人还被他们牵着鼻子走，他就表现得即便有所发现也绝对不露声色。不过他还是受到了猎人般的本能刺激，陶醉了，差点昏了头。

"老板，老板！维尼①，《沙泰东》！《沙泰东》的手稿！"吕西安激动地喊道。

"可爱的吕西安，你这么快就上手了！这会不会是一个剧本的抄件，出自某个秘书之手？"爱德华·梅森接过物件，迅速检查，断然道："无知者总是乱说。"

随后，书店老板用夸张的动作，模仿乌鸦叼住奶酪的样子，用右手捏住书本，伸出手臂，用轻蔑的动作让红色羊皮封面的书在半米高处径直落到桌上。书脊的凹槽受到冲击，随即脱开了。城堡主人们面面相觑，愣住了。显然，他们该撤了。

吕西安同老板一起用上午剩下的时间和下午一大部分时间，一页页检查，比对页码、雕版、着色底板，将一堆堆书分门别类。细致核对检查这些作品是必须的，尤其是在这样偏僻的乡下。过去，有些心术不正的书商常会将不完善的东西拿到这里脱手。爱德华·梅森做了清单，把一些数字记在小本子上。到16时30分，评估工作告一段落。三位继承人尽管说可以平分，但还是达成

---

① 阿尔弗雷德·维尼（1797—1863），法国浪漫派诗人、小说家、戏剧家，《沙泰东》是他写的一个剧本。

共识，依次报出自己的价格。

买卖成交。吕西安跑到汽车里拿来两块抹布，阿希尔负责处理剩下的事，阿希尔一向谨慎细致，但梅森对买下的货物一定要亲自运送最贵重的那部分。吕西安一丝不苟地把两块方亚麻布摊在地上，观察师傅的动作。梅森在第一块亚麻布中间堆好四个相同的书堆，小心在堆与堆之间不留任何空隙，然后将亚麻布四角上翻到书堆上扎紧。吕西安明白，相对于纸箱子或饮品箱，这种方法可以避免运输途中书本间的相互撞击。不过打结的技巧他还是没完全看懂。他睁大眼睛试图分解每一个步骤，但这个动作的最后一步，仿佛就是变戏法，很让人迷惑。第二次打包时，爱德华·梅森不小心失手，有半打书掉在了地上。吕西安冲过去捡书，看看有无损坏。有一本书似乎比其他书更受罪：缺了封底，整个封底。他在桌子底下找到了散落的封底，递给老板。在红色羊皮的镶嵌条上，烫着金色的字母，两个人都看到了《沙泰东》的书名。

晚上，他们回到皇家大酒店，来到爱德华七世餐厅，这是城里最豪华的餐馆。有必要让吕西安学习餐桌礼仪，了解习俗和风尚，见识符合此地有名气的豪华建筑。爱德华·梅森很遗憾他亲爱的阿希尔因家事没来，阿希尔可是老道的品酒者。不过梅森看上去很高兴，为买到的书感到欣喜。他抽烟，喝了不少酒，又老生常谈道："渔民的困难在于，他必须积极创造奇迹。你的马克思把这称为'阶级斗争'。"

晚上11点左右，晚餐结束后，梅森说服吕西安陪他去皇家大酒店几百米开外的赌场。到了门前，果不其然，吕西安被生硬地拒绝。吕西安说他独自回旅馆没什么不妥，他有点累了。爱德华·梅森却固执己见，徒劳地找到赌场主管据理力争，说他会对徒弟负责，他的被保护人在经济上是独立的，合法的，还说到了偿付能力和保证金。交谈气氛越来越不妙，到了要喊警察的地步。爱德华·梅森毫不犹豫接受挑战。听到这个消息，吕西安弯下腰，双手捂住胸口，就像当胸挨了一拳。他大口喘气，呼吸急促，双臂风车似的乱晃，随后倒在地上，像条虫子一样蜷曲成一团。周边的人一下子惊呆了，忘了要去救他。当梅森上前扶他时，吕西安一下子坐了起来，停留片刻，那姿势仿佛滑雪者在等待发令枪，全神贯注，双耳竖起。随即他像七月里的一道闪电，逃走了。

吕西安本能地朝酒店方向奔去。湖畔，那幢沉稳的建筑几乎静卧在一片夜色中。年轻人迅速绕过建筑物，在隐蔽处停了一会，以确定身后没人追赶他。现在只等着他的老板来追他了。最精巧设计往往也有弱点：一旦来到侧翼，梅森就找不到方向了，也不知该在哪里停下。吕西安经过几次徒劳的尝试，终于爬上俯瞰莱芒湖的大平台，弯腰躲在一根大石柱后喘气。恐慌的潮水终于慢慢退去，他感觉重新与外部世界恢复了联系。夜色也没那么浓了，他看见会议厅的落地大玻璃窗反射的月光。

他发现不远处有两张餐桌，桌布乱七八糟，香槟酒空瓶和酒杯一片狼藉，几把椅子东倒西歪，被遗忘在平台中央。服务生还未来得及抹去狂欢留下的痕迹，地上到处是烟蒂、果壳。五颜六色的传单散落一地，如巨型五彩纸屑：抗议分子企图把这些文章塞给官方代表团作为开胃酒。一篇题为《耻辱大会》的文章，署名是一名女性，印在一张纸的正反两面。吕西安就着月光辨认出文章的结尾："坐在这个风景无比秀丽的地方，听32个国家的代表轮流发言。他们很想接收那些逃难者，但又痛苦地无法做到，这是一种无比可怕的体验。今天，听他们在最后的结论中争论是否有可能统计受纳粹的迫害情况,这简直让人忍无可忍。需要发明一个词语,来形容这些先生们是如何重新界定这些卑鄙的罪行的。非亲身经历这一切的人,难以理解我在依云镇所感受到的一切:痛苦、愤怒、恐惧和沮丧全都混杂在了一起。"

吕西安捡起另外几页纸,揉了很久,卷成一团放进口袋。他感觉轻松了些,但乱了,皱了,就像刚才那些纸片,心里满是消极的思想。他观察了一番酒店四周,靠在栏杆上寻找缺口,随后无声地从平台跳下,像猫一样轻轻落到地面。到了大街上之后,他从口袋里掏出纸团,扔到地上,然后不慌不忙走进面前的酒店。

2
人类兄弟

> 我们之后活着的人类兄弟啊
> 请别对我们如此无情
> 如果怜悯我们这些穷人
> 上帝早就会感谢你们

墓志铭上的"活着"用的是现在时,而不是将来时。一种转移视角的方式,对自己的死亡采取行动。一个让人眩目的词,超越激情的视角。这就是弗朗索瓦·维庸①的天赋。吕西安拿在手里的是法国藏书界的一个瑰宝,一件闪闪发光的东西,保留了那个时代装帧风格的一册小书,很朴素,但书脊和羊皮封面宛如旧象

---

① 弗朗索瓦·维庸(约1431—1474),法国中世纪最杰出的抒情诗人。

牙，蒙着一层薄薄的橙黄色硬壳，散发着迷人的光泽。他想到历代收藏家不惜血本也要将自己的藏书票贴到自己喜欢的书里面，就如某些建筑物的门楣，一代代保管者的名字都刻在上面。是什么促使他们为了一纸保管合同而做出如此牺牲？在中间体书店资料室，吕西安扒着目录卡片盒，用一根手指飞快翻阅着，找出老板已着手编写的关于那个珍品的卡片：

"弗朗索瓦·维庸，《弗朗索瓦·维庸大师的作品，贝尼奥莱档案学家的大胆独白，马尔贝与巴约旺先生的对话》。巴黎，安托万·博纳梅尔出版社，1532年。8开本，136页。17世纪法国装订，象牙白色羊皮纸。书脊有墨印'维庸'字样，紧随其后的是围成一串的6个'fermesse'，呈斑驳的切面。"

通常情况下，一般的爱好者已满足于这样的简要目录，即便是花了大价钱。做得起目录的富有的书商，大部分也不加任何评论。表面上是为了节约时间，降低印刷和运输的成本，私底下是为了封锁信息，尽量保护行会的重大利益。实际上，要揭开更多面纱，应该忽略封蜡，打开书本阅读它，消化它。自从古登堡印刷

《圣经》以来,这种观点在书商眼中是在做亏本生意。爱德华·梅森精准分析了自己的优势,他在卡片栏目中补充道:

"维庸作品的旧版本以1533年为界,分为两组:这个日期之前的版本,其文本体现的是弗朗索瓦·维庸本人的语言;后来的版本是克莱芒·马罗①修订过的文本。此外,1532年出现的安托万·博纳梅尔的版本也在传统上占据了一席之地,尽管从文献学的角度来看很有作弊的嫌疑,但在被马罗变味之前,它的语言仍最具维庸的风格。这也是用圆体字母而非哥特式字母出版的最早两个版本之一。6个难以捉摸的用书法草写的结束语如'S'在羊皮纸书脊上集成一串,形成某种神秘的铭文,我们无法解读。"

很显然,那些指责爱德华·梅森卖弄学问的书商,等这些注解一发表,又会用它们来为自己谋利益。破坏行规,践踏行规,吕西安看到本质上大家都各行其是。至于他本人,他很自豪自己正在为一项伟大事业做

---

① 克莱芒·马罗(1496—1544),法国诗人,开16世纪法国诗歌的先河。

贡献：编一本世界诗歌目录，包括赫拉克利特①、奥马尔·海亚姆、约翰·邓恩②和兰波的作品。吕西安负责找书，核查卡片上信息，从诗人作品中挑选出几句能体现诗人风格的诗，让读者产生毫不犹豫的购买欲。

这是一个表示信任的任务，是在认可一名好学徒的英文和拉丁文基础，并以这种方式赞赏他懂得欣赏优美文本及其风格的早熟天赋。要不是爷爷死得不是时候，吕西安本可以毫不费力念到高中毕业或者大学毕业。他想，爷爷应该没给孙子和儿媳留下什么财产，因为他母亲莱娅做女佣的收入只够勉强支付他们在第6区二居室公寓的房租。莫尼·德布里，他爷爷的一位朋友，圣旺市场的旧货商，在圣诞节前几天的一个晚上来布西街看望他们。那时他母亲正考虑回老家，搬到托纳山里去过日子。这个他们不怎么熟悉的旧货商似乎知道他们的处境，提出一个解决办法，建议吕西安去爱德华·梅森——左岸一位上流社会的书商那里做学徒，为期五年，吃住全包，还有零花钱，但不能确保将来能在那儿当正式员工。作为一名合格的马克思主义者，吕西安明

---

① 赫拉克利特（约前540—前480与前470之间），古希腊哲学家，著有《论自然》，名言"人不能两次踏进同一条河流"就出自他，被视为辩证法的奠基人之一。
② 约翰·邓恩（1572—1631），英国玄学派诗人、教士。

白他的未来取决于他的生存条件：在阿拉维斯山区或是在圣日耳曼德普雷生活，这份选择首先是政治性的。

在9个月的书店学徒生涯中，吕西安感受到了他的保护人有多慷慨，由此动摇了他对资产阶级的固有看法。他对老板的威望产生了热烈的崇拜，对顾客的品质也十分敏感，比如他对走进店里的一个美国大学的图书馆馆长总是印象深刻。听到爱德华·梅森用英语同资本主义世界的名流平起平坐交流时，他总是隐约感到自己也变得有价值了，甚至大老板们低调的魅力也在他身上产生作用：他喜欢在编目室与法兰西银行的总管分享资源。那是个十分讲究的人，老板给予他特殊的优待：为他购买的书籍上门提供目录编纂服务。这被行业内的大多数人认为是歪门邪道，那些愚昧无知的家伙认为这是拿顾客的忠诚度作赌注。对于这一行，爱德华·梅森从来不会放过让自己的观点引发争议的机会。吕西安早就看出这一点，老板很乐意被看作是同行眼中的巫师，也许有些故意，至少他一贯表现得极有预见性。一月份以来，从私人手中收购来的每批货，他都会按一定比例将实物分给吕西安。他总有本事在一堆破烂东西中，找出三四本有价值的书。他坚持让他的徒弟学会独自鉴别，从中找出好东西。他让吕西安利用空闲时间了解同行的性情，探寻巴黎古旧书店的奥秘。爱德华·梅森教徒弟赚钱的训练力度很大，甚至对吕西安公开他的寻查目录、客户名单，尤其是机构客户，并建议吕西安在这上面多花心思，如有成果，所有收益和荣誉都归吕西安。他希望通过锻炼将这个年轻人培养成一名精通买卖的行家里手，一名有活力、有干劲的现场经纪人，需要时能做他的耳目。

吕西安很快进入角色。为了学会经纪人的基本原则，他跟他的恩师莫尼先生学习更广泛的知识。莫尼是塞尔维亚人，他那些机智的买卖一直给吕西安带来灵感。作为梅森先生委任的经纪人，莫尼经常来店里找梅森。这位礼貌谦卑的旧货商人身上，似乎潜藏着一种磁场。这颗沉睡的星星，34岁就已被视为国际先锋艺术的老手。1924年，他先是在贝尔格莱德涉足达达主义运动[①]，翌年又在巴黎参加超现实主义运动，随后加入分离派[②]，最后加入大游戏[③]杂志社。很久以来，他只制作作者自费的16页纪念册，这些小册子的质量让他在客户及先锋作家中建立了不容置疑的口碑。他利用或者可以说

[①] 一种无政府主义的艺术运动。
[②] 19世纪末欧洲青年艺术家开创的艺术派别。
[③] 1928年创办的一份文学杂志。

滥用了他诗人和商人的双重身份：他每天的生活就是把过去的残余卖给另一方去不断重建。

某天，莫尼从一个牛皮纸袋中抽出一小叠书，是马克斯·雅各布①的限量版作品。6本崭新的样本，每一本上都有作者亲笔写给这个塞尔维亚人的动人献词，还有水彩画原作，上面有作者的签名和落款日期"1923年"。诗人很有诚意。吕西安开心地大笑起来，莫尼建议他读读这些书。莫尼认识众多作家，尤其是新生代作家，如保尔·艾吕雅、罗贝尔·德斯诺斯、安托南·阿尔托、勒内·托马尔等等。吕西安第一次听说这些名字。莫尼倾力搜集他们的一切东西，如有必要，包括"精致的尸体②"、初稿手迹、修订稿、给教皇的献词等等。总而言之，只要找得到销路的，他一概不放过。

吕西安每天为书店去各处送书。过了几个星期，惯常的送货路线发生急剧变化。手推车上，吕西安在老板的书堆旁放上了自己的书，在巴黎穿街走巷。现在，来

---

① 马克斯·雅各布（1876—1944），法国著名诗人。
② "精致的尸体"是一种超现实主义游戏，由几个人共同完成一个句子或一幅画，但参与者完全不考虑大家相互间合作的事实。当年雅克·雷普维尔等人创造这个游戏的时候，得到的第一个句子便是"精致的尸体将要去喝新酒"，游戏因此得名。

到某家书店时，他不再像过去那般傻等别人开收据，而是钻进书堆，到处溜达，像探针一样探寻可能对莫尼先生有用的版本。他一边找书，一边和人聊天，在不同人群中传递消息，调查生意进展，了解书商需求。对于最吝啬的人，他建议物物交换。他对书籍的好奇心和善解人意、乐意助人的品德，让他得到了人们的喜欢和信任，大家很快就向他打开藏品的大门。就这样，9月的某一天，在乌尔姆大街一家书店的里间，他终于发现了书单上的一本书：奥马尔·海亚姆的《代数学》。紫色帕克林版本，十分精美，由出版商题献给泰奥菲尔·戈蒂耶①，封底无标价。吕西安屏住呼吸，把书递给老板。

"这个，小伙子，一直都卖1000法郎！书上有旁注，我很为此得意，半价让给你好了。"

一星期后，在图尔农街书店隔壁的咖啡馆，吕西安坐在客户对面，不禁产生了一股自豪与不安交织的奇特感觉，好像背叛了自己的阶级。经过同僚的熏陶，他第一次躲避众人的目光，像个老道的书商，来咖啡馆谈买卖。爱德华·梅森祝贺他嗅觉敏锐，但也劝他接受下一

---

① 泰奥菲尔·戈蒂耶（1811—1872），法国唯美主义诗人、散文家和小说家。

次炮火的洗礼时一定要经受住考验，特别是他辛苦淘来的这本书，绝不能轻易脱手。然而，这天坐在吕西安对面的这个瘦弱男人，一点不像"中间体"经常接待的工业界大佬或国家机构的重要职员。他叫杰夫·戈德曼，自我介绍是哲学家，板寸头，语气友善。吕西安觉得对方更像是一名延期毕业的大学生。在饮料被端到大理石桌面之前，吕西安指着他奥马尔·海亚姆的书，直接出价"1200法郎"，但立刻感觉这个价格有点不靠谱，即便是泰奥菲尔·戈蒂耶的私藏本也不值这个价。他的出价有点过分。

杰夫·戈德曼忍不住含糊地嘀咕了一句，不过仔细检查一番后，他还是对这本书的来源表示满意，对吕西安说，泰奥菲尔·戈蒂耶是第一位向法国公众谈论奥马尔·海亚姆的，那是在1867年。接着他又依次讲述自己如何追溯到《代数学》一书的过程，讲到帕普斯问题、《集合学》和所谓的笛卡尔抄袭等等细节。

"说到底，我们都赤身裸体行进在通向死亡的道路上，"杰夫抚摸着帕克林书脊，"幸亏，书籍是十分出色的绝缘体，保护我们免受真正的寒冷。"

吕西安不知该如何解读他的话，但没有降一丁点儿价。过了一会，因为对方没有出价，他看上去有点狼狈，说可以分期付款。杰夫·戈德曼连声道谢，随即又问了他有关寻宝艺术的问题。吕西安给了他一个地址，乌尔姆街那家书店的地址。哲学家声称绝没有偶然这种事，不停惊呼年轻人是个天才。将近一个小时，他都在让吕西安讲述在书店的学习，非常吃惊他这么年轻就入门这么古老的买卖。他问了吕西安的文学爱好、每天阅读的时间等问题，说阅读对他而言就如不可或缺的呼吸，是现代人在长时间忍受各种被强加的情绪后一种有益的回归。他表示，在他看来，炽烈的爱情、诗歌、音乐、数学将我们直接带入一种更高层次的现实。那种现实，只有这些东西才能构成入门通道。但在我们日常生活中，这些东西完全处于从属地位。随着杰夫的讲述，吕西安渐渐明白，他收获的不是一位顾客，因为以他在书店里的领悟，顾客从来只谈论自己。眼前的这位无疑是个倾听者，或许还是位朋友。两人用石榴汁碰了下杯，然后在天黑前道别。

晚上，吕西安在他租住的参议院旁边的佣人房里，一边数着钞票，一边想象着他的美好生活。细想起来，金钱的大门已打开，但除了他已经取得入场券的书店和电影院，鲜有其他地方他敢在无人陪伴时推门而入。年初以来，他已在书商的圈子里转了一大圈。除了视他为门徒的梅森、莫尼以及几位不常来的顾客之外，他所见到的尽是上了年纪的人。经济危机还在加剧，自1931年的冲击以来，除右岸几家大型书店外，旧书业不再雇佣经纪人，即便再廉价也不用。吕西安听说在塞纳河另一侧，很远的地方，有他这般年纪的跑腿学徒，甚至还有年轻漂亮的女秘书。但出于原则，爱德华·梅森拒绝与他们的雇主有生意往来：

"我只跟书店人打交道，不和商人打交道，你应该早就知道。"

正是如此。吕西安感觉和自己打交道的尽是些学问高深的大师。深居简出、老眼昏花的老学究，老态龙钟、满脸皱褶的老家伙，一个女人的影子都没有。仔细看的话，嗜书者其实是狩猎者的翻版：几乎清一色男性，这是吕西安始料未及的烦恼。几个星期、几个月来，吕西安一直留意会不会有巾帼丈夫到来。偶尔也会见一两个女人上门，通常是女打字员来取老板们预订的东西，然后在送货司机的陪同下很快消失。而且她们都超过25岁，手上戴着结婚戒指。一次，唯一一次，有位年轻女士大着胆子推开书店的门。吕西安清楚记得，她脖子上系着一条极精致的爱马仕方巾。那是3个月前，6月中旬的一个下午，她身边还有个稍年长于她的30来岁的褐发英俊男人，吕西安当场就讨厌他。那位女士说话时声音清脆带着口音，无疑是意大利口音。她在实验室工作，是化学家，男的是物理学家。他们受法兰西公学院同事的委派，挑选一份礼物送给他们工作团队的负责人。让·弗雷德里克·约里奥-居里①手下的研究人员和技术员凑了一笔钱，借老师又一个孩子"回旋加速器"诞生之际，要送他一本珍稀图书。大家都同意要找一本伊萨克·牛顿的首版著作，最好有一个意味深长的书名。

在爱德华·梅森忙着接待来客的时候，吕西安在一个角落里发愣。他忍不住盯着那年轻女人看：她身材纤细，五官精致，松脂般的褐色瞳仁，仿佛从人类外貌的平均数下一跃而出，一下子高出庸常者们好几厘米。老板抱着一堆书从办公室出来，一时没找到帮手，便请那年轻女子帮他拿出厚厚的第四本书。吕西安看见她打开书，把书捧在眼前，裸露的双臂仿佛是一个肉体托书架。他当时靠在一把滑动梯子上，一不小心仰面摔倒了，摔得挺重，差点出大事。不过万幸，他毫发无损地站了起来，一副满意的神情，就像一个男人刚刚与自己

---

① 让·弗雷德里克·约里奥-居里（1900—1958），法国核物理学家和化学家，1935年诺贝尔化学奖获得者。

讲和。他心想，自己看得那么投入完全可能直挺挺倒在地板上，一下子完蛋。细花边无袖针织衫里面，小小的乳房在新月形的领口处若隐若现，这画面老是在他脑海中浮现。她勾住了他的魂，每天上百次在他脑海中出现。吕西安希望核化学实验室在确认他们购买的书之后，那个漂亮女人能独自来取牛顿的书。取货的那天，他甚至安排好自己留在店里，但他只看见个很丑的跑腿来取东西。从此，只要有机会，他便推着他的小车在法兰西公学院附近转上一圈，在贝特洛广场磨蹭一会，或许能在那些高雅的人群中看到那个漂亮的女人。但至今尚未见到。吕西安生平又一次急迫等待开学季的到来。

吕西安并非完全孑然一身：他不时收到母亲的来信，尤其是他还有松松，足以占据他的晚上和白天的一部分休息时间。每个周日，他都把兔子装进篮子里，提到卢森堡公园的草坪上去散步，割新鲜青草喂它。他最喜欢去吉内梅和奥古斯特–伯爵两街相交处的角落，那里最安静，离警察岗亭最远。头几次，他不敢把松松放出笼子，好天气时也不敢，怕兔子一溜烟跑开，不再回窝。他在读波德莱尔《旅行》一诗时，不懂"古罗马角斗士"这个词的意思，查字典发现了这种"角斗士"的特点，于是想到一个解决方法。他到圣路易岛最东头的渔具店买了4块50克重的铅块和两平方米渔网，梭鱼那般大小的中等网眼。松松可以待在那里面！以后，它可以在更适合它的草地，而不是在坚硬的地板上活动它的小爪子。松松7天中有6天被关在一个9平方米的小屋子里，吕西安颇为不安。他严格监视松松的卫生情况和屋子的卫生，但它经常表现得像笼中困兽，不停地乱窜，抓床脚垂下的床单，有时几乎处于疯癫状态。吕西安心情沉重地看着它把脑袋撞向墙脚线，仿佛被魔鬼附体。他猜想在这个弱小的身躯里，包裹着一颗苦恼不安的灵魂，就像他自己。他不知道兔子头两年是什么情况，但他怀疑它遭受过重大的精神创伤，不禁觉得自己无论在身体上还是精神上都与松松很相似。首先他们都有一样洁白的大门牙，在更深层的感情交流中，他会把小动物放在膝盖上，轻轻抚摸它的脑袋，让它闭上眼睛，静下来休息。他对它说话，不说长句，而是片言碎语，仿佛无须多说，它就能听懂剩下的话。他什么都告诉它，手掌贴着它的肚子，在它最细微的动作中，捕捉到它毫无保留的赞同。这种赞同从不会迟来。他在松松蔚蓝的眼睛中间亲吻了一下，双手握住松松的两个前爪，将它洁白的身体举起来，举到气窗边，仿佛这是爱之胜利的最明显证据。

3
战斗计划

1938年10月27日，周二，接近中午时分，全欧洲都屏住了呼吸，仿佛一块石头掉进深渊，欧洲刚刚陷入苏台德事件①。在书店里，就像在别处一样，人们焦急地关注外交层面的消息，一直守着收音机，期待德国与盟国间的和平协议谈判尽快重启。快到下午4点的时候，吕西安不得不遗憾地放下收音机：他要去参加他的第一堂书籍装订课。那是老板的主意，一种远见，当然也是那位知识渊博、独断专行的老板的心血来潮，做学徒的自然没法推脱。爱德华·梅森声称吕西安对装订艺术只有一个大致概念，遗憾地说，这对书店来说少了一个永久赚钱的方式。梅森认为，一眼看出某本书的装订年代和所

---

① 第二次世界大战爆发前发生在捷克斯洛伐克与纳粹德国之间的一次冲突。

用技术，这是不够的。一名合格的职业人还应有修复旧书的能力，无论皮质书还是纸质书，否则，就不能正确评估艰深劳动的价值。他拿出账单做依据，向吕西安证明这样的培训将为他的书商生涯带来更多收入。吕西安则对这种节约不以为然，夏天的大部分时间都要干这种手工劳动，他有些不乐意。

但当爱德华·梅森告诉他装订师傅的名字和地址时，他不再抱怨：康斯坦丁·勒托帕耶，绰号鼹鼠[①]，在第5区让-德博韦街有个作坊，就在指环形台阶脚下。换句话说，正好对着法兰西公学院的铁栅栏门。

吕西安走进一间散发着动物明胶臭味的大厅，大厅位于一幢有点歪斜的大楼的三楼。他满脑子只有一个念头：尽量靠近那三扇窗户中的一扇，因为窗子正对着马塞林-贝特洛街，也就是那个意大利女人活动的地方。

在那里，他还发现一个跟他年纪相仿的同学，一个喜欢开玩笑的尖酸刻薄的家伙，在右岸一家高档书店做学徒，名叫莱昂。装订师傅匆匆做了介绍，就带着两个年轻人穿过作坊的角落，指给他们看各色皮件、带暗花

---

① 这里是一个文字游戏，"勒托帕耶"法文的前半部分与"鼹鼠"相似。

纹的纸卷、装有排字盘的抽屉、花饰收藏等,最后把他们的注意力引向工作台,依次展示了手工制作一本花押字皮封面、切口镶金书藉的所有步骤,每一步骤所需的工具都十分有趣。学徒们在两个小时里了解了切边和装订书脊的艺术,他们拿起刷子、锯条、双头锤、剪刀,学习使用装订机,勒紧内缝线,从头到尾刷胶水。作为有经验的老师,"鼹鼠"把名贵材料的加工和难度更高的操作留给自己。为了让他的装订艺术课有一个漂亮的结尾,他还露了一手对技术要求绝对苛刻的涂金工艺绝活。他要求两名学生保持绝对沉默,然后把一本半成品的8开本图书牢牢固定在自己面前,从封面上端沿黑色轧花边缘小心翼翼贴上一条狭窄金纸带,然后从固定在墙上的工具架上,挑选了一把3厘米宽、带有镶边长木柄的黄铜小滚轮,小心地调到肩窝处。他保持平衡,用工具上的那根线,将金纸带贴到皮质棱边下端,随后用一个精确得不可思议的动作,干脆利落地将黄铜滚轮推到棱边上端,抽出金属剩料,吹去散落的碎片。一条金边出现了,清晰光滑,没有任何毛刺。完美的直线。

"要达到这样的效果,孩子们,你们必须准备做出三种牺牲,而且要每天坚持,保持一辈子。那就是:不抽烟,不喝酒,不沾女人!"

离开工坊时，对于这样一份有强制性的神圣工作，吕西安矛盾极了。不抽烟不喝酒，很容易做到，他一向讨厌喝得烂醉如泥的人。可一辈子像僧侣般地与皮革打交道，他真的会很伤心。当他与莱昂调侃自己的命运，推开朝向小路的栅栏门时，他看到了那个意大利女人，就在他们前面不到20米处。她背对着他，穿着一条红裙子，围着同一条爱马仕方巾。那漂亮女人正在法兰西公学院门前跟6月份陪着她的那位物理学家说话。莱昂还在继续聒噪，但吕西安已不再听，愣在那里无法动弹，感觉有一把冰冷的刀片抵着喉咙，难以吞咽。这时，那女人转过身来，径直对着他，仿佛她已感觉到吕西安投向她后颈脖上的目光。她注视了他良久，毫不躲闪地盯着他的眼睛，目光对接后，她朝他抛来足以让天主教徒恼火的轻佻一笑。

松松是第一个感受到这股冲击波的，它嗅出人类身上的激情，辨别出主人身上的某种渴望和慌乱，总之，主人的某种新需求：寻找恰当的词语。他们面对面的交流结束了，对小兔子说的断断续续的话也结束了。自此，召唤那漂亮女人的灵魂，成了每天晚上冗长的仪式。松松疲态渐现，再也不得安宁：它受够了每天从夜里到凌晨的崇高诗篇。白天工作时，吕西安常常默不作声，心似乎在别处，稍有休息时间，便会打开他的兰波诗集。他买了一本水星版的兰波诗集，一直放在口袋里，随身带着。

几天后，在与杰夫·戈德曼见面时，戈德曼认出了酒吧桌子上的这本书，突然问道："坠入情网了？"吕西安已经习惯哲学家的开门见山，承认读这本书能让他看清方向，心里更好受、更轻松，就如呼吸到山顶的空气。他觉得很奇怪，有些段落即便读了20遍，仍难以理解个中奥妙。杰夫说，美体现了宇宙的一种神秘秩序，因此值得我们的极高崇敬。

两个男人就这样严肃而热烈地讨论了几个小时，仿佛他们的交流是否真诚决定着世界的命运……从哀歌到公理学，从宗教现象的出现到政治经济学，杰夫·戈德曼对各种问题阐述了自己独特的观点。他的记忆力似乎很惊人，能轻松抛出各种理论和种种令人目瞪口呆的逸闻趣事。仔细研究了一部分数学家的经历后，他发现科学领域常见的创造精神与兰波的神灵有着某种同源性，他对此十分吃惊。他最近刚刚听说兰波从孩提时代起就喜欢收集词语：从书本、报纸、包装纸上收集词语，各种语言的词语，并在学生练习册上尝试无穷的排列组合。杰夫还说，那位神童14岁时就在《杜埃文学院院刊》上发表用拉丁文写就的诗歌，早熟地驾驭了语言和诗歌格式，掌握了古希腊语和拉丁语以及它们精妙的韵律，甚至尝试巴那斯派①诗歌形式。杰夫在那种天生的自如中，看到了兰波数学天才般的娴熟技艺以及极超前的观念，也看到了他们具有共同本质的局限。杰夫说，这是成为创造者的两种必要条件：用诗歌形象重新定义速度的概念，找出其沉睡的元素和音节逻辑。兰波革新了法国的诗歌，也在根本上重新定义了语言在诗歌中的使用，即记录情绪和捕捉现实。杰夫以《灵光篇》和《地狱一季》在文学、绘画、广告和电影中被多次剽窃作为论据。

与杰夫在一起，吕西安起码可以自由交流。他感觉他们交谈起来意气相投，尽管他有时候不一定全部明白。他尤其搞不懂的是，这家伙怎么会戴着这样的眼镜，剃着拉塔普瓦勒②式的发型招摇过市。他直率地向哲学家表示了自己的惊讶，后者坦承从去年三月开始志愿服兵役，按照国家规定，在特殊预备役期间，他必

---

① 19世纪60年代法国诗歌流派，以古希腊神话中阿波罗和缪斯诸神居住的巴那斯山为名。
② 雕塑家奥诺雷·杜米埃的一件雕塑作品，影射拿破仑的士兵。

须定期剃成光头。杰夫·戈德曼几年来一直拥有预备役军衔，并不寻求躲避暴风雨，而是去接近一场已经波及全球的冲突。他发誓要弄明白辐合线和动力学的奇异系统。设在孚日山区的叙伊佩军营里，部队对学生军官开放大量战略分析资料，所以他能从最佳渠道获取信息。他也喜欢与现役军官们进行无拘无束的自由交谈。与吕西安想象的相反，大部分军官都很聪明，思维缜密。除了参谋部的高层，各级军官中没人再相信，出现新的阵地战时，还会有1914—1918年时人们所经历的那种壕堑战。机动装甲部队的掩护，空中力量的支持，这些新技术的出现促使人们重新思考凡尔登战役的传统作战方式。杰夫·戈德曼预料，下一场战争一定是机械化战争。

"是因为对垒双方都有结盟的缘故吗？"吕西安大着胆子问，有点不明白。

他心里还在想着刚出炉的《慕尼黑协定》。民主党人眼睁睁看着苏台德人死去。在伦敦，报纸上说人们甚至在广场和公园里开挖洞穴。

"我跟你讲的是机械的力量，战争机器开发出的力量。设想一下，与传统步兵的战斗力相比，一队装甲车或一架亨克尔轰炸机的威力该有多大。你还记得不久前的格尔尼卡①吗？且不说密集轰炸，想想一个飞行员孤身一人就可让巴黎这样的城市瘫痪几小时：他只需在天上盘旋，制造威胁。现在想象一下，你这般年纪的一个男孩驾驶飞机，没有任何航空学方面的知识，只接受过几小时最基础的培训，然而只需动动手指，便可毁灭一场诺贝尔奖颁奖大会。机械的力量原则上否认智力，智力让人生疑。而人类呢？机械的力量激起人类身上的兽性，使之成为超级杀人犯。从这个角度来看，纳粹至少已经赢得了战争：他们把皮条客变成全权公使，而在我们这里，最优秀的人却遭到排挤。"

11月初，法国人民渐渐从媒体中了解到《慕尼黑协定》的细节，在以抛弃苏台德人为代价而获得短暂安宁后，羞耻感日渐浮上每个人的心头。街谈巷议的都是战争和外交问题。在图尔农街的中间体书店，吕西安密切关注着各色人等的立场。作为精明的商人，他的老板假装附和大多数顾客，他们认为"绥靖政策"是谋求和平的唯一机会。但私底下，这位书商并不掩饰自己的怀疑。头脑清醒

---

① 西班牙中北部城镇。1937年4月西班牙内战中，纳粹德国的空军轰炸了该镇。此事激发了毕加索创作其代表作品《格尔尼卡》。

的人似乎都有此想法。与爱德华·梅森走得较近的朋友中，有几位对共产主义抱有好感，吕西安尤其听得进他们的话，留心记录他们的论据，研究他们切入问题的角度，一有机会，他就将毫不犹豫使用它们。

杰夫不需要长途跋涉去孚日山的兵营时，每周都会见吕西安三四次。这两个臭味相投的人可以彻夜畅谈、重建世界。实际上，比起政治，吕西安更愿意听戈德曼就如何接近那位漂亮又时髦的意大利女郎提出建议。一个对周围世界有着如此敏锐看法的人不可能不了解占据了人类一半的女人：30岁的他肯定对如何看穿女人的秘密很在行，因为他对世界主要地区都带着强烈的兴趣。然而，除了不断暗示他们有关兰波的第一次谈话，吕西安不知该如何拉回话题：他向往爱情，渴望掌握爱情的技巧。杰夫一如既往，极具冲击力地回答道：

"总之，吕西安，你是马克思主义者，你看得很清楚，纳粹主义、法西斯主义、资本主义，所有这些"主义"构成广泛的意识形态，与你所谴责的宗教如出一辙。这些观念相互对立，自认为在辩论过程中互为矛盾，但它们只能勾勒出未来冲突的上层结构以及可公开承认的理由。然而，它们有一个共同的上帝。我觉得真正有意义的，是揭露冲突的基础结构，而不是掩盖这种结构的意识形态对峙。在机械化战争中，能源问题决定了所有其他问题，处于经济冲突的中心位置。没有石油，坦克无法前行，飞机只能待在地面。我关注石油问题，推而广之，关注整个能源问题，进而连连吃惊。以苏台德危机为例，民主党自我安慰说，反正他们抛弃给德意志帝国的主要是讲德语的民众，但这种吞并在经济上的意义却完全不同。纳粹染指了亚希莫夫的铀，还有优质的褐煤矿层，以及他们急不可待想将之转化成石油的褐煤。这种合成石油用来供应那些有朝一日要轰炸法国的飞机。如果没有这种转换技术，我们很可能不会经历苏台德危机。据说是美国的标准石油公司和杜邦公司对这种技术进行了商业化，无所顾忌地将对石油化工必不可少的四乙基铅专利卖给了纳粹。"

"同志们说得很对，这场战争再一次归结为资本家之间的金钱游戏，洛克菲勒式的致命毒药。"吕西安厌倦地评论道。

"如果同志们同意把苏联归入资本主义国家，那一定有他们的道理。"杰夫·戈德曼反驳说，"除了石油化工的专利，我要补充的是，美国人还提供了德国官方所需三分之二的化石燃料。而在莫斯科，人们制造容克轰炸机，在萨马拉①制造毒气，在列宁格勒制造火炮，在喀琅施塔得②制造250吨的潜水艇，都是为了从纳粹战争中获取利益。根据一份迄今运作了16年，并还将继续下去的秘密协议，苏联为德国提供来自巴库的巨量石油。种种迹象表明，只有当德国人决定前往当地亲自动手的那一天，这份协议才会终止。你大可放心，军事评估认为，希特勒还未集聚起足够的能源和机械力量来对抗苏联。因为对德国人来说，石油来源还不充足，但元首③每天都在为此努力。你要知道，他还在觊觎邻居们的战略储备。我们国家的储备首当其冲，这些储备已经十分可观，另外还有德意志帝国边疆地区的储备。因此，如果说苏联是《慕尼黑协定》的必然受害者、最终受害者，就如你在《人道报》上看到的那样，我们完全有理由认为，法国、比利时、荷兰将最先被当作目标。"

吕西安反驳说，这些假设建立在部队情报人员乱七八糟的信息上，总之，那些人几乎可以说只是一些警察。杰夫保证说即使不常去叙伊佩的军营，也完全可以

---

① 俄罗斯工业城市，1941—1945年间曾是苏联的第二首都。
② 俄罗斯重要军港。卫国战争中，对保卫列宁格勒起过重要作用。
③ 指德国法西斯头子希特勒。

通过各种报纸得到上述信息。

"通常,寻求一方意见的人从来不看另一方的意见,这是这个半身不遂的时代的特性,对一些盲从狂热的脑袋,它从来只给出一半真相。"

"杰夫,你怎么能如此断然下结论?怎么可以如此坚信战争一定会爆发?看看我们周围,人们依赖的是佩尔诺的酒而不是燃料油,他们看起来平静而幸福。你不相信事情最后会不了了之?"

"你说得对,我忘了最重要的理由:由于各派主张的意识形态有分歧,大家都看到解决冲突能带来好处,于是达成了一致。而且,看看你周边,这个世界只关注新的野蛮行径。"

吕西安心想他刚满16岁零3个月,而国家只征20岁以上的人入伍。如果杰夫没有搞错,这场战争真的即将爆发,吕西安恐惧地想,那就让它现在开始,马上结束!他不怎么怕打仗,也不怕在世界末日中死去,但害怕集合在讨厌的资本主义旗帜下,哪怕一分钟。

12月初之前的几天,吕西安终于开口向长兄寻求建议——他想了又想,如何不绕弯直奔主题。杰夫明天就要去叙伊佩军营,开始为期三周的又一次服役。紧接着是学校寒假，如果吕西安再不付诸行动，就必须经历漫长等待，直到一月份开学。他不得不开门见山。他一度以为可以把这事讲述成学校里发生的某个故事，数学课的课间消遣，但杰夫一眼就看穿了他，他只得把事情经过和盘托出：她如何造访书店，他们如何在法兰西公学院门前邂逅，那漂亮女人的媚眼，通向另一世界的大门……

"当她迎着你目光时，你是什么反应？"

"我脸红了，随后她就同那个物理学家一起走了。莱昂说我扭捏作态。"吕西安承认道。

"很好，很好。告诉你吧，莱昂只是嫉妒，他根本不懂女人。事情看上去进展很快……"

杰夫的计划好就好在十分简单：吕西安得在非周末的某个傍晚，下班时搭讪那个意大利女人，随后邀请她单独喝一杯，向她承认自己喜欢她，紧接着就给她一个吻。但一直到12月中旬，在跟小兔子松松扮演的意中人排练了无数次之后，吕西安还是觉得杰夫设计的剧情十分不妥。他觉得这场戏纯粹是成年人的做派，显得十分粗鲁，不值得提倡。

然而就在圣诞节前的一个周五晚上，他决定孤注一掷。下午5点50分，他在法兰西公学院栅栏前等她。她很快就出现了,那么美丽,那么纤弱,裹在一件羊毛大衣里。她说她不能接受邀请,她有急事,但很乐意在一月份时再见面,她叫罗拉,19岁,来自罗马。面对她的拒绝,吕西安喘不过气来,说不出一句话。就在离开的那一瞬,善良的她揽住他的脖子,给了他销魂的一吻。

4
皮革与装订

"如果在这世上还有一件值得你竭尽全力去做的事,那就去做吧!因为在你将踏足的死亡王国里,没有作品,没有思想,没有科学,没有争论。"

吕西安默念着《传道书》中的这句格言。虽然他对警句格言早就厌倦,但这一条很符合他的心境。一段时间以来,他觉得在店里的日子重复而单调。事实上,他从未想到在一个堆满书籍的空间会感觉如此无聊。大部分顾客在圣诞节前大肆采购,销售旺季过去之后,一月份往往是旧书店的低迷期。但这个1939年年初,下雪天进一步加剧这种低迷。没有书要送,没有任何理由出去淘旧书,也没有人预订书,连一封信都没有,更不用说有人上门拜访,似乎连电话线也被切断了。橱窗和这片街区的道路都被大雪覆盖,只露出些许带刺的铁丝网。

吕西安觉得这是发起进攻的好机会。一天早上，他一到店里就试图说服老板，说像这样一家尖端企业，完全可以利用旧书修复人才的断层。他信誓旦旦地说，"鼹鼠"认为旧书修复是件很有前途的事，不过这需要足够的仔细和耐心。"鼹鼠"主动提出可以每周为他上三次两小时的课而不是每周一次，只需加一点钱。爱德华·梅森对此建议颇为警觉，尤其是吕西安提出自己掏钱。

书店老板怀疑，在这件事情中，年轻的莱昂起了作用。受他影响，吕西安沾染上了右岸书店的一些习俗。他严肃地问自己，12个月的学徒生涯后，就将他的被保护人扔到这摊职业浑水里，这合适吗？除了授课之外，"鼹鼠"确实也做过一些虽然不多、但在业内不大光彩的事情来维持生计，而同行们出于原则，一般会拒绝那些事。但他掌握一些独门技巧，使得不管左岸还是右岸的书店都不得不与他合作，梅森就是其中之一。吕西安已经注意到，老板做过几笔不光彩的生意，通过这个装订工匠，尤其通过更换封面翻新善本使之更值钱。吕西安据理力争，并借口说莱昂早就不去作坊了，反正他们俩相互看不顺眼。梅森找不出反对理由，最后只好让步。

作坊里弥漫着一股难以说清的味道，似乎动物明胶和小麦混杂在了一起，还烘托出吕西安一时无法辨别的类似藿香的气味或辛辣味；实际上，这是主人首创使用的印度大麻的味道，但用得过度了点。

在不上课的日子里，"鼹鼠"在作坊里拉了很多根棉绳，上面信号旗似的吊了很多浸泡后待晾干的纸片。下方桌子上放满长方形铝制大盆，有些盆里盛着含双氧水的无色液体，用于清除纸页上的霉斑、残缺不全的题献，淡化图书馆印章，如有的话；也可用来让泛黄的封面焕然一新。另一些盆里放着茶水和植物浸液，为那些被过度漂白的册子重新染色。盆子边放着几捆刷子，高手用它们来为已装订好的书做相同的护理而不伤及封面。

除了擅长的清洗，"鼹鼠"更享受的是他化学蚀刻①魔术师的名头。这项技能包括将一本裂成两部分的书重整合成完好无缺的样本。精装书中如有缺页，他也能一一补齐。他调整尺寸、剪辑、抛光、熨平侧边，没有专门的机器来掩盖做过手脚的痕迹，但有一小袋一小袋人造灰尘，把它们洒在选定要做旧的纸上，然后用软橡皮擦拭，让粉尘深入纸页，以模仿被时间侵蚀的模样。

"鼹鼠"很大一部分工作是去各处搜寻他手工制作

---

① 化学蚀刻，是将材料使用化学反应或物理撞击作用而移除的技术。

必不可少的各种原材料：17、18世纪用于卷首的白页，各种质地、各种尺寸的白色衬页，还有16世纪古籍的羊皮纸、小牛皮和羊皮书套等。他在跳蚤市场和塞纳河河边的旧书市场，每年总能找到十立方米左右的古旧书，随后按需拆解。他尤其注意寻找宗教作品，去掉华丽装帧，给它们套上一个世俗书名。如果有人请求，他会毫不犹豫在皮封面上烙上名望家族的族徽。甚至有人说，日积月累，"鼹鼠"几乎完全重建了柯尔贝尔①的整个书房。

实际上，这位加工大师在艺术实践中走得更远。二月中旬的某一天，他向吕西安露了一手他隐藏的照相天赋。他让吕西安仔细观察在工坊里拍出一张好照片所需的材料。他说，在印刷厂的帮助下，他可以通过照相制版技术，做出几乎乱真的复制品，以填补书籍中缺失或有缺陷的部分，炮制出一本完整的古籍。

"成本应该高得惊人吧！"吕西安说道。

"不算我在道德层面上付出的代价……""鼹鼠"打趣道，"我付出的代价很高昂，甚至还有点肮脏，你可以想得到。不过所有付出都有回报，有时我感觉有些

---

① 让-巴普蒂斯特·柯尔贝尔（1619—1683），法国政治家，长期担任财政大臣和海军国务大臣，创办过几个学术团体，其中包括法兰西学术院。

客户简直少不了这些书。我怀疑有的人出于恶习，只买这种刻意做旧的书。我只是乐于让那些傲慢的客户膨胀。我对书店有一种清晰的看法，你猜得到。我的作用跟公证人有某种相似之处，我跟所有人合作，不问问题。我处于金钱、遗产、隐秘行为等事务的中心，不用我发问，别人就会告诉我他们的生活。我每笔交易收钱后都会小心翼翼，避免在楼梯口与任何人相遇，我懂得如何虚伪地取悦大众。如果你有兴趣，我得说报酬还是相当不错的。"

吕西安并不在意这种忏悔，他更关心这门职业中的技术元素，而把道德问题搁置一旁。他进步神速，但几周时间过去，他开始产生疑惑。

三月初，那位漂亮的意大利女人还是没有再露面。吕西安晚上在作坊拖拉的时间越来越长，白天则设法摆开更多摊子，好以此为借口留得更晚。这些小计谋自然逃不过"鼹鼠"的眼睛，但他似乎相当鼓励这个年轻人在各个方面的韧性。这位古籍修复者经常请这位徒弟吃晚饭。3月14日，周二，晚上近10点，吕西安走出让-德博韦街的大楼时，正好看见一群年轻人穿过法兰西公学院的前院，罗拉就在其中。她头发有些油腻，脸庞消瘦，似乎为自己这样出现在他面前感到慌乱。她泛泛地表示抱歉，说会给他一些解释，顺便建议同他一起走到奥德翁车站。她解释说，她真的决定开学的第一个星期一就来看他的，但从1月份起，原子化学实验室必须承担罕见的超负荷工作。她每天工作十二三小时，一周6天，星期天在家里累得不想起床。吕西安听着，但并不相信。

走过吉贝尔书店时，罗拉忽然站住，伸出手，温柔地抓住吕西安隔着衣服的二头肌，缓缓摩挲了几下，然后接着往前走，接着讲述她的经历。年初，两位德国科学家奥托·汉和弗里茨·斯特拉斯曼在《自然科学》杂志发表了一篇革命性文章，声名鹊起：他们用实验证明，通过中子束撞击铀原子可以使其裂变。他们成功地将铀裂变为钡、锶和钇。这种完全超出已知原理、被命名为"核裂变"的现象，令全世界大吃一惊，使专门研究原子能的化学团队陷入狂热。就在罗拉说话的此刻，全世界的实验室都试图重复德国科学家的实验，坚信一个重原子核裂变为两个轻原子核，必然伴随极其巨大的能量释放。"核裂变"已经证明了它的爆炸特性。吕西安应该认识到，科学界的激动不仅仅是因为同行间的天然竞争，也是为了回应国防的迫切需要。

"竞赛已经启动，事实上我已经成为法国政府的奴隶。"罗拉打着哈欠说道。

吕西安其实并未听进去多少，但他至少看清了情敌，就是罗拉在他耳边不停唠叨的铀原子。以他的理解，他无论如何想不到这样一种微观无用的东西，能在一个女人眼睛里激发出如此非同寻常的光芒。他问她那种著名的原子自然状态下是什么样子，罗拉提到法兰西公学院及伊夫里分院实验室储藏着大量二氧化铀。

"那是些黄黑色的小石块，约里奥-居里刚刚向上加丹加省①矿产联盟订购了5吨。Pechblende意思是'致命的石头'。你看我们现在哪里还有时间读诗？我觉得你醉心于书籍真好，在我们这个年纪可不常见。不过现在是1939年，人类正在探索着无限小的世界，那是我们这个时代真正的、伟大的、崇高的探险。我看重这些，无疑同我受到的共产主义教育有关，我来自一个社会活动积极分子家庭。在我家，我们胸怀全人类，从父亲到女儿，都是出于使命感，全身心投入工作。从今往后，放射性物质可以提供多种医学用途。对核裂变的掌控将为人类开启一个新纪元，为全人类提供丰富的免费能源。你都想不到一块沥青铀矿蕴含着多少希望。"

"我不知道做奴隶能赚那么多。"吕西安指着意大

---

① 刚果民主共和国南部的一个省。

利女人戴着的奢华丝巾,尖刻地说道。

罗拉解下丝巾递给他。吕西安仔细看着,不知这是何用意。

"这条爱马仕方巾,是这个品牌1937年推出的产品,"吕西安确认道,"这是最新的款式。一年前,一个顾客的老婆,一个自命不凡的女人,硬是给我们吹嘘了一通。我都不敢想这条丝巾要花掉你多少钱。"

罗拉抱怨说法国政府可没有那么慷慨,所以她不得不捣鼓些假货。她从吕西安手中拿回丝巾,用指甲指着橙黑两种颜色缝边处的残留蜡质,说爱马仕的工匠决不会允许这么业余的操作。罗拉学会了她母亲的蜡染印花手艺,那是一门来自非洲和东南亚的印花技术。她掌握了蜡染丝绸的诀窍,用刷子直接把颜色涂上去,涂好几遍,让色彩显得饱和些。随着时间推移,她的技术越来越熟练,现在可以借鉴传统的白鹅格子图制作公共马车和国际跳棋那样的复杂图案。吕西安十分欣赏马匹和敞篷马车图案流畅自信的线条,向"艺术家"表示祝贺,并为自己刚才的粗鄙道歉。罗拉透露说,实际上她的生活过得紧巴巴的,她母亲两年前去世了。不久,她随同父亲欧让尼奥一起偷渡到法国。她父亲原本在罗马物理研究所领导一些重要研究项目,知道可以仰仗法国的资源和约里奥-居里的支持。罗拉留在巴黎的学院路，在诺贝尔奖得主的实验室做助理技术员，同时利用业余时间拼命攻读学位，至少理论上是这样。而欧让尼奥则在克莱蒙-费朗大学谋得一份物理学助教的职位。父亲同女儿分开生活，一方面出于安全考虑，另一方面也是受制于专横的物质分配。这位年轻姑娘享有一份大学第一阶段学习的奖学金，生活并不富裕。

"在罗马，局势越来越岌岌可危，我父亲手下的大部分成员拒绝为军方工作，于是不得不走上流亡的道路。由于核裂变的发现，每个人都必须直面自己的责任。连实验室负责人恩利克·费米一月初也去了美国。"

过了一段时间，吕西安在中间体书店接待了到访的罗拉。爱德华·梅森正陪着几位同行共进午餐，吕西安在同杰夫闲聊，杰夫经常在书店不太忙碌的时段造访。那位漂亮姑娘出现在大门前，如闪电般耀眼。她穿一件鲜艳的那不勒斯黄色长裙，似乎精心打扮过，身上散发着好闻的香味。吕西安又惊又喜，做着例行的介绍。

"我刚从垃圾堆里出来！"这位意大利姑娘朗声说道。

这话让两个男人面面相觑，感到莫名其妙。姑娘笑了，说这是他们团队的技术员给做实验用的硝酸铀酰溶液起的名字。罗拉今天额外休假一天，这是大老板为奖励他们整个团队的出色工作和即将获取的专利而特批的假期。

杰夫知道这位女技术员研究原子物理后，表现出极大的好奇心。他开始询问专利的性质，所用术语吕西安完全听不懂。罗拉很自然地回答着，提到"多余中子""连锁反应"或者"原子内质子和中子的能量交换"。杰夫看似完全沉浸于这些介绍，不断要求新的解释。吕西安似乎并未意识到杰夫·戈德曼对这种交谈的重视程度，总是止不住将目光投向罗拉的裙子和她腹部的曲线，以及她兴奋说话时衣料的轻轻抖动。"能量交换"……物理学家们是从哪里捕捉这些概念的？

下午3点，梅森回到店里，杰夫趁机溜走。梅森哈欠连连，不断打瞌睡，便打发两个年轻人出去散步。

参议院门前的花园里，他们在宽敞的道路上漫无目的地走着，一股看不见的力量似乎正作用于这对坠入情网的年轻人，将两人紧紧牵引。谁都装着与对方保持一定距离，可走了不到十米，两人的胯部和肩膀便不由自主地相互碰撞、摩擦，有时长久相贴，仿佛他们的身体遵循一种特殊引力，达到了新的平衡。吕西安明显有一种即将摔倒的感觉，又必须不断保持平衡，这是一种中了邪似的晕厥感。罗拉欲拒还迎，在他屁股上拍了一下，旋即逃开去，好让他追赶自己。她兴奋地撩拨着他，吕西安喜悦地感受着自己指尖下她身体的柔软与鲜活，但罗拉总能很快滑脱。

他们在吉内梅宫入口附近的灌木丛下找到一条长凳，吕西安已经记不得他最后一次如此奔跑是在哪里。脚下的草地上洒落着斑驳光影，散发出清甜的气息。天气那么好，两个年轻人久久对视，呼吸急促，不说一句话，就这样彼此许下自己的承诺，然后大声交谈别的事，评论捷克斯洛伐克发生的事，谈论希特勒最近对《慕尼黑协定》的践踏。他们找不到足够的词语来谴责普遍的腐败和成人世界随处可见的卑鄙无耻的行径。吕西安向她讲述了自己行业中流行的一些不光明正大的做法。

"你不指望自己可以出淤泥而不染吧？"罗拉充满善意地问。

他们接着谈起那些死了的人，谈起他们父母的政治活动和普遍的意识形态。他们身处其中倍感孤独，现在惊喜地发现彼此有着共同的趣味，对歌曲、阅读、家族的逸闻趣事等有着惊人相似的喜好。他们谈论萨科、范塞蒂①、罗莎·卢森堡②，吕西安提到了保尔·拉法格③，罗拉则阅读过安东尼奥·葛兰西④的所有著作。他们大声唱起《自由者之歌》片段，又用各自的语言轮番唱起《国际歌》，唱得那么投入，最终招来了警察。

吕西安在店铺关门时才回到店里，梅森忍住没有责备他，只是会意地朝他挤挤眼睛，表示他注意到了吕西安诗人般的精心打扮。事实上，年初以来生意清淡，梅森也就有些放任他。他似乎高兴地发现，行业中一些令人讨厌的私密内幕并未影响这个年轻人的精神面貌。吕西安的手工活越做越好，虽然做工还达不到客户的要求。他鼓励吕西安尽快完善，提高自己，并对他说，从6月的第一天直至月底，他下午可以离开书店。

吕西安利用这福利，干脆住到了"鼹鼠"那里。

---

① 1920年，意大利移民萨科和范塞蒂在美国被控犯有抢劫谋杀罪。在证据严重不足的情况下，仍被判有罪。萧伯纳、爱因斯坦等人声援被告，但二人仍被执行死刑，50年后才得到平反。
② 罗莎·卢森堡（1871—1919），国际共产主义活动家、德国共产党创建人。1919年被资产阶级"自卫民团"逮捕，随即遇害。
③ 保尔·拉法格（1842—1911），法国工人党创始人之一，马克思主义革命家、记者、文学评论家、政治活动家。
④ 安东尼奥·葛兰西（1891—1937），意大利共产党领袖，其文艺理论著作大多写于狱中，战后得到广泛的传播和研究。

在作坊里他感觉学起来不费什么劲,潜移默化中就学会了。他喜欢这位装订大师不端着架子说话,而且随时间流逝,他对这位艺术家的尊敬变成了互相爱戴。他们达成协议,吃住全包,吕西安每天帮"鼹鼠"做比较容易做的事,并听从安排,辅助完成另一些任务。晚上,吕西安一边跟着"鼹鼠"学技艺,一边窥视窗外罗拉的动静。她一出现,吕西安就手脚并用滚下楼梯。夜里,他铺一个床垫就地躺下,小兔子就睡在他脚边,脑袋里还全是约会时的回忆和接吻声。

为了让夜晚过得更加愉快,"鼹鼠"经常邀请莫尼一起晚餐。三个男人迅速清理桌面,找出一张勉强还干净的桌布,坐下分享一顿冷餐。莫尼喝匈牙利酒,"鼹鼠"则卷他的印度大麻。吕西安十分高兴地听着老家伙们胡说八道,直到夜深。莫尼深陷沙发中,越是沉浸在他的句子里,声音就越低沉,口音就越重。他甚至会忘记自己的法语,开始用塞尔维亚语,带着异域的口音,朗诵他自己的诗歌。吕西安感觉内心生出一阵战栗,他想象弗朗索瓦·维庸正是在某个乱坑深处朗诵《谣曲》的。

6月底的一天晚上,天比平常更黑。莫尼撺掇"鼹鼠"给这位新手露露珍品中的珍品。"鼹鼠"不干,说莫尼对吕西安太偏心。莫尼像水牛一样喘着气,从沙发垫子里费劲起身，来到"鼹鼠"用作卧室的房间。门前左侧靠墙的地方，有一个书柜，莫尼拉开糊着牛皮纸的玻璃门。

"这几本书，你能告诉我们什么？"莫尼夸张地说着，戏剧性地将两本羊皮纸书丢在一堆瓜皮中。

那是萨德①的《朱斯蒂娜》与《巴黎的秘密》的原始版本。吕西安仔细核查这两本书的缝线，不放过任何细节。他用眼角扫视着"鼹鼠"，后者大手一挥，装作对此不感兴趣。吕西安决定开口：

"19世纪上半叶法国手工制作的。虽然装帧方式呈现出不同，不过两册书的皮应该来自同一种动物。看上去很牢固，但太厚且细粒太多，不像牛皮或猫皮，而且，萨德这本书封面上的盾徽，这小小的凹凸，我觉得是突起的乳头，所以我斗胆说这是母猪皮。"

"很厉害呀，小子！"莫尼赞赏地吹了声口哨。

然后，他把肘下压着的一本8开的漂亮的精装本递给吕西安，那是卡米尔·弗拉马里翁的《天与地》，用同一整块皮制作，红颜色上散布着闪亮的星星。封面烙着一行金色的文字"一位女死者的回忆"。吕西安发现里

---

① 萨德侯爵（1740—1814），法国贵族，情色和哲学书籍作者。

面有汝拉地区的一名医生写给本书作者的一封亲笔信：

"尊敬的先生，我在此完成了一位女子的心愿。她一直爱着您，让我发誓在她死后第二天，将她美丽双肩的皮肤交到您手上。您在'诀别之夜'曾如此热烈地赞叹过她的香肩。她希望您能用这块皮装订您在她死后发表的第一部作品的第一册样书。亲爱的先生，我转给您这件遗物，履行我许下的诺言。"

"这是'鼹鼠'偷偷收藏的，"莫尼说，"用女人的皮装订的书！如果仔细研究，你甚至可以在书中有星星的地方，看到完成这项工作的鞣革工匠留下的字母！"

5
7月14日

《人道报》摘录,1924年1月12日,星期六

昨天晚上,在巴黎10区格朗热欧贝尔的集会上发生激烈冲突,枪击造成多人受伤。

一场针对无产阶级的罪行

一年前,在共产党及法国总工会的积极分子们被关进桑代监狱时,冶金协会的民兵和普恩加莱①的雇佣兵占领了鲁尔地区。昨天晚上,法国共产党坚持号召巴黎的无产阶级到格朗热欧贝尔路举行活动,强烈抗议当下

---

① 雷蒙·普恩加莱(1860—1934),第一次世界大战时法兰西第三共和国总统。

政策的经济后果：德国的饥馑，法国高昂的生活成本。为了反对普恩加莱和资本主义，必须组织一场工人运动，表示抗议，于是就有了这次集会。

我和加香讲出了最主要的诉求。除了40来个破坏分子，其他3000多名工人兴奋地认同共产党和总工会发起的运动。无政府主义者响应《无政府主义报》的号召，多次试图破坏这次大会。吹哨子、扔酒瓶、抛掷铁块，狂热者们试图恐吓与会人员。大厅里的3000多名工人高喊"俄罗斯万岁！苏维埃万岁！打倒无政府主义者！"予以回击。由于我指责那一小撮无政府主义分子对无产阶级采取让人难以忍受的独裁态度，听众中有工人开始高声叫喊"独裁者！独裁者！"突然，在无政府主义者聚集的角落，有子弹朝讲台方向射去。有十多人受伤，就在我写下这些文字时，人们还在担心有更血腥的后续。不管有多少分歧，我们都不相信无政府主义者会故意犯下如此暴行，而更愿意相信是有挑衅者混入了他们的队伍。无政府主义者有义务尽快净化自己的队伍。

昨晚，也就是1924年1月11日的这场罪恶，增加了资产阶级的罪行，目的都是为了打击无产阶级。共产党向所有这些受害者——饥寒交迫的德国无产者、埃森的被害者、格朗热欧贝尔路的伤员或许还有死者,鞠躬致意。

阿贝尔·特兰

枪击案是如何发生的

特兰在他的演讲中声称,人们只愿听他发出无产者联合起来的号召。当他指出占领鲁尔地区所带来的教训时,大厅左侧、主席台左下方的那群抗议者又开始喧闹。我们的同志便大声喊道:"你们指责我们是独裁者,但在政治方面,必须以事实为准绳。真正的独裁者是那些端坐在言论自由之上的人。"他好几次一字一句地说"独裁者!独裁者!"不断重复。一声枪响,从搅局者那边射向发言者。一位同志倒在血泊中,一场真正的枪击开始了,噼噼啪啪,枪声不断。另一些同志也倒下了。叫喊声四处响起,一些妇女吓得昏过去,张皇失措。凳子被踢翻,大厅顿时变得空荡荡的。活动分子围在伤者身边,鲜血染红了大厅的地板,而刚才那么多同志聚集在这里是为着兄弟般的团结。

伤　者

十来名伤者在诊所得到初步救治。受轻伤的出院回家，四人重伤，被转送到圣路易医院急诊科。其中三人的情况尤其危急，一人腹部中弹，另一人脖子中枪，还有一人头部中枪。很多警察把守在医院门前。在登记处，我们收到了必须立刻接受治疗的伤者名单：

吕西安·蓬塞，又名莱韦克，阿尔及利亚街28号；

夏尔·马内坎，公共交通从业者，讷伊-普莱桑斯；

尼古拉·德拉克鲁瓦，钳工-机修工，绿道街126号；

贡蒂埃，就职于劳资调解委员会，米哈街17号。

《人道报》摘录，1924年1月13日，星期天

流血集会使两名工人，一名共产党人和一名无政府主义者，付出了生命的代价。

死　者

根据本报昨日第二版的报道，两名同志死于格朗热欧贝尔路的流血冲突。他们是尼古拉·德拉克鲁瓦，钳工-机修工；蓬塞，又名莱韦克，管道工-屋面工。这是我们采访到的有关他们的信息：

尼古拉·德拉克鲁瓦，钳工兼机修工，家庭住址为绿道街126号，头部中一枪，腹部中两枪。他妻子见他集会结束后迟迟未返家，十分担忧，便向她丈夫的朋友们（共产党员）打听。一位朋友建议她前往圣路易医院，她丈夫受了重伤被送去那里。她到医院后得知可怕的相关信息。我们成功采访了德拉克鲁瓦同车间的一名同志，他与死者在圣法尔若街30号的拉皮普-维特曼工具厂一起工作。之前，德拉克鲁瓦是雷诺汽车厂的工人。这位同志悲痛地告诉我们，德拉克鲁瓦深受周围同伴的敬重，那是个身材高大、强壮的年轻人，身高一米八左右，年仅25岁，有个年轻的妻子和一个幼儿。

"他是无政府主义者？"我们问。

"根本不是！他完全是共产党的一员。他父亲就是一位知名社会党积极分子。我与德拉克鲁瓦交往两年多来，从未见过他读《人道报》之外的报纸。我就是跟着他一起去参加周五的这次集会的。看到无政府主义者嚣张的态度和威胁后，我劝他一起离开，说在这里不会有什么收获。但他表示他还会留下，他背靠讲台，平静地抽着烟，那些自由主义者的叫嚷似乎一点没有影响到他。见劝不动他,我就躲在了讲台后面。此后,我就再也没见过我的朋友。"

德拉克鲁瓦也是冶金工人工会一员。

* * *

蓬塞,又名莱韦克,是一名水暖工兼屋面工。他的朋友们喊他"大胖子"。他是建筑工会秘书沙博诺的一位同志,"自由主义工会成员",他的女友及一名无政府主义者朋友向我们确认道。我们去他家时后者正好也在那里。这些信息是确切的,因为莱韦克的小舅子就是共产党员,他们经常一起讨论问题。蓬塞被打穿了颈动脉。

本报前方记者

*

"德拉克鲁瓦先生,很荣幸。我不知原来跟我约会的是一位共产党英雄的儿子。"罗拉说道,因为她看了吕西安刚制作完成的剪报。她小心合上剪报,殷勤地提议暂时把它们放到她的包里。她啃了几口三明治,继续说:"我母亲是1937年1月21日自杀的,但实际上自从法西斯当局禁止她教课后,她就心如死灰了。你看到了吧，吕西安，父母总是死得太早，无法回答我们未向他们提出的问题。我们徒劳地掘地三尺，因为他们带走了所有秘密。所以我们要从其他地方入手，追根寻底。我从化学分子着手，你从书籍中寻找，寻找与我们有关的真相，帮助我们活下去。"

"我从来没有相信过我父亲死亡的公开版本，"吕西安承认道，"而且，凶手一直没有被抓住，他们甚至都不用担心被抓住。共产党举行的葬礼几乎是举国哀悼，类似维克多·雨果葬礼的排场。柩车在雨中缓慢行驶了几公里，从绿道街到伊芙丽公墓。人家告诉我，送葬队伍由上千名活动分子组成。我母亲和爷爷告诉我说，下葬那天有传言说，第10区混入集会的两名秘密警察是这次屠杀的罪魁祸首。警察例行公事，对我们家监视了好几个星期，然后很快放弃了调查。我一点也不记得那时发生的事，我还不到两岁，但我从小对穿制服的人有一种说不清的恐惧。"

吕西安抬头看看挂钟，示意侍者结账。

罗拉同他约好当天早上9点在大皇宫门口见面，去参加7月14日的国庆典礼。据说今年的联合庆典将十分盛大，举国上下庆祝攻占巴士底监狱150周年。前一天晚上，首都一些富人区已经悬挂起法英两国国旗。英国正急派部队到巴黎，以支持民主运动，对抗轴心国的独裁者。自从《慕尼黑协定》签订及捷克斯洛伐克被瓜分后，年轻人公开嘲笑这类虚张声势的行为，但罗拉无论如何不愿错过这场盛会。吕西安一直跟着她来到临时帐篷。她没有失望：当350架飞机从香榭丽舍大道上空飞过，他们引颈张望之际，3万名士兵、3500匹战马、600辆军车、350辆装甲坦克、1200门大炮，从铺石路上迅速经过，震得他们心头发颤。士兵队伍中，英格兰、苏格兰、爱尔兰卫队赢得人们的掌声，但还是被"黑色力量"及北非的军乐盖过了风头。殖民地部队、塞内加尔土著步兵拔得头筹。

　　有传言说希特勒在20年代就很怕他们。所以，等他们走近时，人群中爆发出对土著士兵突如其来的狂热：围观者在砖地上跺脚，激动得脸都快变形了，欢呼声从四面八方涌来。几位穿着节日盛装、激动得昏过去的胖女人被抬离现场。为了对这种令人汗颜的爱国主义精神表示不满，罗拉和吕西安决定下午要站到无产阶级一边去游行，高喊"打倒法西斯主义，打倒叛国主义"。

　　下午两点刚过，他们就离开香榭丽舍大道上的小酒馆去巴士底广场。他们看到，沿着河岸，离夏特莱广场不远处，梅吉瑟利河堤有一排宠物店。罗拉提议过去看看。她坚持要博得松松的好感，打算趁机给它买个小点心。头两个店铺提供的选择有点令人失望：猫、狗、兔子显得一点也不好玩，顾客们都忘了去摸摸它们。在第三个摊位上，他们看到有众多爬虫类动物可供选择。罗拉朝吕西安一笑，整理一下围巾，拉了拉连衣裙衣袖，迈着坚定的步子走到这些笼子中间，双手抬到脸部高度，手掌向上张开。

"亲爱的，这些动物中哪一个能讨您欢心？"她学圣克洛蒂尔德教区本地人郑重其事的口吻问道。

卖主急忙过来介绍有关这件珍贵商品的信息，罗拉从食谱的角度问了他一堆关于小蜥蜴的问题，并想知道它的确切身长和体重以及受到攻击时的行为方式。商贩谄媚地一一作答。

"您说服了我和我丈夫，我们决定要下它了，"罗拉说，"我打算今天晚上就用它做菜，我想你们也配套卖食谱书吧？"她太逗了，还很漂亮，理想的女人就是这种样子。

他们穿过塞纳河来到科西嘉河堤，进入了花鸟市场的天堂。在路易-莱皮纳广场，罗拉站在鹦鹉跟前讲述了一个故事：一个国王收集了成千上万只鹦鹉、八哥、白鹦及所有会说话的鸟。他有一手教鸟儿敏捷回答的绝活,并在他的训练课中加入些极下流的话。每当有重要交易时,他便把大鸟笼搁到桌子上;每当气氛紧张之时,他便靠他的鸟儿和它们的下流俏皮话来扰乱对手,以获得有利的条约。他让人把那些精明的外交官做成石膏模具,浇铸成蜡像,放在皇宫的走廊上。吕西安听得出了神,一点不怀疑这故事的真实性。罗拉叫得出所有鲜花的名字:这是一个征兆,他们在一起将永远童心未泯,虽然他们自己并不知道。

到了下午5点15分,他们发现已经来不及去巴士底广场了,于是坐地铁到了特罗卡迪罗广场站。从晚上7点开始,夏约宫的平台上将庆祝法兰西帝国军队和外省军队的节日。仪式的第一部分受到暴雨的极大干扰,但达拉第的演讲竟奇迹般地不受影响。不过,年轻人接下来就可以大吃可丽饼,喝果酒,踏着菲斯特-诺兹乐队的音乐在花园里跳舞了。

烟火在晚上10点整开始燃放,就在塞纳河对岸,埃菲尔铁塔上空。当最后一束烟花消逝,吕西安和罗拉沿克莱贝尔大道一直走到凯旋门,随后转到香榭丽舍大道找大众舞会,但他们只看到一些表演吐火的人和匆匆躲避的行人。

临近午夜，在离埃斯佩昂大酒店200米处，罗拉请吕西安在人行道上等她一会，随后消失在一家酒吧里，几分钟后才回来。

"要跳舞的话，我们的选择有雷恩街、夏特莱广场、市政厅……或者可以步行到阿莱西亚街我家里。我想走路。"罗拉欢快地提议道。

吕西安装作拥抱她，猛然抓住她藏在背后的玻璃瓶。瓶子里装满透明液体，瓶身上没有标签。

"是烈酒，为了穿越沙漠[①]！"罗拉带着胜利者的神态说。

她看得很准。穿过因国庆节而灯火通明的大皇宫，走过塞纳河上的亚历山大三世大桥之后，巴黎从荣军院前的平坦空地开始，仿佛变成一片草场，然后是一大片碎砾荒漠，一直延伸到迪洛克地铁站。那里没有人，没有动物，没有绿地。在这种环境下，人的渴望变成了玄思。到了蒙帕纳斯大道，文明终于又回来了。一些低级酒吧依然躁动着，人群跳着狐步舞，左右摇摆，大声嚷嚷。吕西安感觉几乎接近失重状态，在酒精的作用下变

[①] 此句出自《圣经》。

得滔滔不绝。他发展了一种爱情观,认为爱情是独一无二的神圣体验,当他们驻足在埃德加-基内地铁站对面的自由咖啡馆时,他向罗拉讲述了他这套极微妙的理论。

"废话真多!不如过来让我亲吻吧,小可爱!人家叫我蜜丝婷瑰①,我是你的节日!"一个女人撒娇地走过来,打断了他。那该是个暗娼侍应生,薄施脂粉,倒有一种自然美。"如果这姑娘愿意的话,也可以过来看,我保证她有个难忘的回忆。"她很职业地解围道。

罗拉抓起吕西安的胳膊,拉着他在盖泰街奔跑。跑了一阵,她拐向左侧,那是条死胡同。在巷子尽头,他们走进一间没有关门的大车库,那是由原来的饲料仓库改建的。他们沿斜坡爬到二楼,靠在一辆庞阿尔车的后备厢上。没有人跟踪他们。他们畅饮了几口烧酒。黑暗笼罩着停车库,最靠里的墙壁有检视孔,没有玻璃,也没有窗栅,又高又宽,俯视着外面地牢般的一个地方。北边是车库自身的后墙,南边是蒙帕纳斯公墓的围墙。借助两者之间的一棵无花果树,可以跃出3米左右。吕西安第一个尝试,他灵巧地穿过检视孔跳下去,并小心托住罗拉,帮她爬到树上。两人爬上公墓围墙,在墙头走

---

① 20世纪初巴黎一位出名的演员和歌手。

平衡木似的朝左走了15米左右，跳上一座陵寝的屋顶。吕西安跪着抓住檐口，滑到地上，然后摊开双手去接罗拉，她跳下来正好触碰到他的嘴。

罗拉问吕西安要了刀和火柴，没说一句话，在裙子的最后一个扣眼处割了个口子，随后用力一扯，扯下一条8厘米左右宽的棉布条，很耐心地将布条缠到一截锄头柄上，蘸上酒精点上火。走了15米左右，在一条小径边上，她找到了她要找的东西。她将火把靠在一块石碑上，照着吕西安的脸，让他有时间看清那些字：

"雅克·奥皮克，步兵师将军，议员……他的继子夏尔·波德莱尔，1867年8月31日逝世于巴黎，享年46岁。卡罗琳-阿尔尚博·德法耶，约瑟夫-弗朗索瓦·波德莱尔第一次婚姻的遗孀。"

两个年轻恋人在大理石板上站了好一会，垂着手，面对面。罗拉抓起吕西安的双手，放到自己的双乳上，使劲按压。少顷，她从搂抱中挣脱，猛然转过身，卷起裙子下摆，塞进腰带，褪下内裤，双臂撑着撒贝议员的墓碑，张开大腿：

"一切从这里开始。现在，来吧！"

第二部分
杀人犯时代

"对于我强烈的个性来说,现实太棘手了……"

——阿尔蒂尔·兰波

1
伊甸园，伊甸园，伊甸园

"胜利，我们有权向上帝恳求胜利。我们向他要求这种胜利，是因为我们的斗争不是为了金钱，也不是为了某个暂时的强权，而是为了在全世界捍卫精神价值，无此，便没有了站立起来的理由。我们和我们的盟友站在上帝一边，正义的一边；我们的敌人站在邪恶一边，而且毫不遮掩。我们面对的是一种野蛮，人类历史上史无前例的邪恶残忍。尽管如此，我们仍对胜利抱有不可磨灭的信念。今天，全民意识已经苏醒并发出抗争：法国的圣徒们，请保佑我们的国家和盟友取得胜利，保佑我们很快能来这国家圣殿高唱感恩曲。"

教堂广场上特意安装了高音喇叭，博萨尔神甫继续中气十足地侃侃而谈，吕西安看得目瞪口呆。他怎么也想不到星期天午后会有成千上万的天主教徒，从阿尔科尔桥抄近路来到圣雅克街，聚集在圣母院门前。色当①刚刚沦陷，通向巴黎的道路已对德国人敞开，巴黎失去了屏障。1940年5月19日，法国历史上黑暗的一天，法国民众似乎全都重恢复了祷告的美德。广场上挤满了人，甚至还延伸到西黛街和小桥，大家一动不动，窸窸窣窣。妻子、母亲、孩子，年轻人、长者都肩并肩而立，如祈祷者一般仰望天空，眼含热泪。人群中罕见的几个男人都是在一次大战中伤了脸或瘸了腿的，但都竖起了耳朵倾听。吕西安发现政府成员也有一半都参加了这场弥撒：议会主席保尔·雷诺，国防部长爱德华·达拉第，海军的恺撒·康潘切，还有路易·马兰、路易·罗兰、让·伊巴尼格雷、保尔·博杜安，众多国会议员、巴黎市政议员、外交人员以及美国、英国、挪威、比利时、波兰的大使，教堂中殿的7000个座位一早就被坐满了。

"这种时候，人们最能感受到民族灵魂的共鸣。"吕西安一边想，一边寻找可以吐掉他一口浓痰的地方。周围，人群像渔网一样越收越紧，他都看不见他们的鞋子。布道似乎暂停了，他被人流带着走，一股无法平息的力量将他从地上抬起，差点让他跌倒。妇女们迅速将

---

① 法国北部城镇，此地发生过几次有名战役，其中1870年的普法色当战役最著名。

自己的孩子抱在胸前或扛到肩头，担心孩子被一大堆屁股挤死。栅栏门外，狂热再起，仪式队伍跟在圣旗后面开始移动，那是圣女贞德的旗帜。当布道者提高嗓门将演讲推向高潮时，吕西安周围的人开始念连祷文：

"巴黎圣母院，我们重新把信念交付予你！圣米歇尔，指引我们战斗吧！圣丹尼斯，保卫法兰西吧！圣路易，指导统治我们的人吧！圣雷米，让法国保留经过洗礼的信仰吧！圣热纳维耶芙，保佑法国和巴黎吧！圣女贞德，支持我们的士兵，指引我们走向胜利吧！法兰西的圣男圣女们，我们信你们！"

吕西安对于热衷宗教信仰的人从来都没有好感，即便他们谨慎低调。至于那些打算跟在圣物后游行的人，他很自然地认为他们来自另一个时代。吕西安不禁认为，信教者是一些不完整的人。每当他听到一些聪明人谈论宗教，把它当作自发的现实，认为宗教从天上掉下来、直接来自上帝，他就浑身不自在。宗教是人类创造的，当信徒否认这一事实时，他心头就掠过一团无声怒火。

实际上，对于这些问题，人们在和平时期就已经很难表明自己的态度了。吕西安还记得一年半前与杰夫·戈德曼交流此类问题时，偷听到他们谈话的路人显得非常愤怒。杰夫认为，上帝这个问题不能用"生存"

也不能用"存在"这样的词语表达，而要说"拥有"。他说，宗教情感的本质，正如在欧洲最有信仰的人，比如说西西里人身上表现出来的那样，在于追随首领，因为害怕失去信徒们自以为拥有的那点东西——荣誉、工作、妻子、儿女、房屋。杰夫认为宗教与拥有的关系绝不是偶然的：上述两种情况，都不是个体与理想实体或有形实体间的简单关系，而首先是这种关系要被其他个体所承认。

吕西安还记得，杰夫一字一句大声说："人们不应该说'上帝在'或'上帝存在'，而要说'艰难时刻我们还有上帝'。"当时，卢森堡公园里那些有产者表情诧异。如果杰夫现在公开鼓吹他的学说，吕西安估计他在这世界末日的氛围中肯定会遭到群殴，不仅仅是在巴黎圣母院门前的广场上。确实，宣战后，国家开始尊重神职人员了，主教及教会各阶层的人出席了由政府组织的每一次世俗集会。在巴黎及外省，共和国用纳税人的钱建造和修复了上百座教堂，仿佛国家最高层某天突然回过神来，发现在这里那里的风景中缺少教堂。据说在前线，宗教教育也如火如荼地开展了起来。自此，十个士兵当中有八个会佩戴圣母徽章，用线穿在他们的军用手环上。吕西安又想起去年7月14日的国庆游行，民众对军队是多么热情，队伍还未奔赴战场，人们就来庆祝他们的胜利。法国人对真理与自由的追求，现在已显得十分遥远。

吕西安拼命抵挡着将他推向圣夏佩尔教堂的汹涌人潮。他用臂肘开道，终于从人群中挤出，抄近路来到道布勒桥。走到圣雅克街与学院路交界的马塞兰-贝特洛广场，他看到两辆盖着雨棚的军用卡车正停在法兰西公学院大门前，建筑物墙外的小街上还有三辆排成一线。那是路易-雷诺公司刚刚出厂的带雨棚的三吨半笨重大卡车。吕西安上前几步，走到学院侧门，躲在两辆卡车之间观察动静：十来个男人正忙着搬运科研器材，两两搭档，把一些箱子和大罐子抬上卡车，接着用绳子和布条小心地把这些物品捆扎固定好。吕西安心想，雷诺车肯定是法国军队的，然而那群人却没一个穿制服。他立刻想到这是一次秘密行动。在那些搬运者中，他认出了对罗拉感兴趣的那个物理学家雷·科夫斯基。雷在指挥整个行动，当他看到吕西安时，显得很不高兴。

"我能帮你们什么忙吗？"吕西安关切问道，用的是从老板那里学来的腔调——"商业化的假单纯"。

就这样，吕西安卖力地干了整整两小时活，没有提一个问题。数量最多的是那些铅做的大箱子，重到能压死驴子。如果抬的人没有协调好，吕西安能感觉到箱子里有东西在撞击金属壁，发出沉闷的声响。他马上怀疑这可能就是那些著名的沥青铀矿。他还记得法兰西公学院向上加丹加省矿产联盟订购的一批货物，想象这些桶里装满"污泥"。他为自己亲手搬运了不能落到德国人手里的这些东西而感到自豪。

下午5点45分，车队即将启程时，雷·科夫斯基请吕西安代向罗拉告别。他不能透露车队的目的地，他将在别处继续执行任务，保持实验室所确定的研究方向，战争结束后再回巴黎。他显得有些激动，为不得不抛下一切而感到由衷的难过。看着车队朝南方，朝福塞–圣贝尔纳方向远去，吕西安吹起了口哨，一名情敌刚刚离开。

晚上，他是在阿莱西亚街罗拉的家里度过的。他给她讲述了自己的发现，然后迫不及待要她回答他的每一个问题。这些问题，下午他本可以问雷·科夫斯基的。罗拉确认，吕西安很有可能参与了抢救法国物理学界的战争宝贝：氧化铀，它们通常保存在铅制容器里；除此之外还有镭。相反，那些"污泥"的价值还没有大到不能落入德国人之手。他搬到卡车上的那些罐子装的应该是法兰西公学院从挪威获得的180升重水。据罗拉说，那应该是"重水"在全球的全部库存。吕西安立刻联想到兰波"黑色和冰冷"的水洼。罗拉告诉他说重水就是一氧化二氘,并试着为他梳理他们为什么这么做。

"中子如果穿过一层事先准备好的氧化物,比如水或石蜡,撞击铀原子的效率和成功机会将大大提高。把铀原子想象成一个球便更好理解:为了完整爆裂,而不是裂缝或简单的破损缺口,投射物必须撞击目标物中心确切的位点,在这个球面有一个所谓的核裂变'有效区域'。因此,如果我们相信最新物理学理论,投射物到达目标物速度越快,有效区域便越小;反之,投射物撞击速度越慢,有效区域便越大。重水是氧化性最强的物质,它具有这一功能:最大地减缓中子速度,优化原子核裂变的机会,方便连锁反应。"

吕西安被她仙境般的神秘世界迷住了,罗拉接着进入了赞美模式。据她说,弗雷德里克·约里奥-居里不仅第一个意识到重水的重要性,也在尽快增加自己的优势。她透露说,她的实验室老板去年秋天向科学院递交了一份密件,从11月起他就担起责任,从海德鲁铝业公司的维默克化工厂收购所有库存的重水,为此他不知疲倦地劝说政界、商界和军队来支持他的行动。这非常值得冒险。这些采购也是挪威最近发生的事件的导火索。

目前，约里奥-居里决定把这些宝贝藏起来。罗拉敬佩的不仅是一名了不起的科学家，还是一位爱国的典范和优秀的战略家。吕西安反驳说，一旦涉及国家动乱，法兰西的爱国者更喜欢圣水而不是重水，就像今天这样。他给她讲述了他从巴黎圣母院门前广场经过时看到的那些写满恐惧的脸，那些骚动，那些廉价的情感。他以但丁式的幻想来看待那些被阉割的人群，他承认大众的天真无知就像所有的旗帜一样令他害怕。

"你看，吕西安，我在想我们这类人最大的失误是否在于创造理性的过程中过度自信。我们深信，分享的必要性最终会让整个人类把它当作是唯一的、正确的、理性的道路。但我们偏离了一个真相：只有那些确实没什么可失去的人，才会在理性的演讲中认识自己，其他人宁愿站在原地受死，就在自己家里，以遗产不可触犯为名义。政治演讲从来不经过大脑，而是心血来潮。听听墨索里尼或希特勒对人群演讲时的腔调吧，那是一首原始的歌，是一条沉闷幽深的大河，撼动了我们心底最古老的一些东西：用来希望的心，用来恐惧的肚子，用来祈祷、用来祈求主人的嘴，因为当嘴停止祈求，它就只会怀疑。"

事实上，人们正在这里那里有条不紊地失去理性。就在色当沦陷的第二天，1940年5月6日早上，有传言说，内阁各部门开始销毁文件。中午，外交部提请所有外国使节做好离开的准备。下午，宣传部新闻处通过电波，甚至三四次正式发表沦陷声明，几小时后又出来更正错误。在巴黎南部和西部各出口的大马路上，汽车排成长龙，车顶上绑着床垫。吕西安想不到这个城市里藏着这么多高级轿车。亨利·德凯利斯曾经提到现代战争在城市的主要特点。他指出，假以时日，真正的战役将发生在巴黎，在一条条街、一栋栋建筑、一层层楼上进行。吕西安发现，恐慌以惊人的速度蔓延着。

6月3日，吕西安和老板发现人们歇斯底里地往防空洞跑：纳粹德国空军的200架战机，在午餐时向城里投下了上千枚炸弹，总计有250名死者，650人受伤，还有100万人逃难。

一周后，政府退守到图尔，然后是波尔多。13日，巴黎大门洞开。同一天，爱德华·梅森觉得该离开首都，去圣那泽尔附近的圣布雷凡-大洋同他亲爱的奥黛特团聚，他们夫妇在那里有一座旧房子。但战争一爆发，梅森就采取措施想参战，表现得光明磊落。他是比利时国籍，必须先获取法国国籍。据最新政令，已经提交材料的行政裁定将加快程序，他的身份认定在210天内生效，随后还得耐心等待4个月，才可以得到允许上前线的命令。但6月12日，就在他收到通行证的那天，侵略者来到了塞纳河畔，前线已不复存在，成千上万姗姗来迟的军人作为战俘被逮捕。13日，梅森判断是撤离的时候了，觉得自己将很快被波及，估计也就是几个星期的事。他把书店、收银台和保险柜的钥匙统统托付给吕西安。临别前，他反复叮嘱，还像拥抱自己的儿子一样紧紧拥抱吕西安。

6月14日临近中午，德国军队从圣克鲁门进入巴黎，没有遭到一丝抵抗。11点30分，吕西安和罗拉躲在富尔街和隼山街交界处，观察圣日耳曼大街上发生的事。紧急情况下，有好多条路可供逃跑。从藏身之处，他们将很快欣赏到这幕大戏的意义和胜利者的完美导演。中午时分，空寂无人的大街蒙上一层人造的白色烟雾，如棉花般干燥稠密，直呛人的气管。高大建筑物的尖顶看不见了，太阳看上去就是个橙色圆盘，如一枚巨大的红月亮，古怪而令人不安。到12点30分左右，罗拉和吕西安看到从丹东的雕像后窜出一头钢铁怪物，仿佛从一个毒气弥漫的湖中冒出的水怪，体形令人恐惧，接着出现另一个同样体形的怪物。它们似乎正往人行道上开，发出压碎铺路石的破裂声。两台装甲车从他们面前全速开过，没有放缓一点速度。三辆汽车压阵，高音喇叭用被征服者的语言，带着浓重的日耳曼口音播放着一条声明："德国军队占领了巴黎。"就这些了。过了一会，浓雾终于全部散去，一队穿灰绿色军服的人出现在波拿马街与圣日耳曼教堂的街角处。两个年轻人赞叹这种方式经济实用。总之，丈量这片土地并不需要投入更多。

在浅灰色的天空下，这一带的小酒馆干脆关门几天。三分之二的巴黎人宁愿逃走，剩下的都闭门谢客——躲在家里避免外出。在图尔农街，吕西安提高警惕，防止有人抢劫。罗拉和她的团队则在学院街守护着他们的设备。确实，回旋加速器吸引了很多好奇的参观者，甚至还吸引了某些纳粹分子，他们似乎很了解约里奥-居里最前沿的研究工作，不过后者似乎并不着急回巴黎。面对他的消极怠工，谈判陷入僵局，占领军最终于7月15日采取措施，查封了回旋加速器。

两个情人在一起过了一个月，就如遥远时代在伊甸园的亚当和夏娃。卢森堡公园的草坪上只有他们俩，头挨着头躺下，兔子就是他们的见证。在这工作日的中午，全线溃退让宪兵们也不想管事了，他们让所有的人随便进出公共场所。钥匙插在门上，技术设备保持24小时运转，两个年轻人趁机在法国梧桐的树荫下或在月光下散步。在美第奇喷泉，他们可以泡上几小时，在滑腻腻的鱼群间嬉戏。松松在大理石的岬角或雕像的脚下看着他们嬉闹。当二者的关系变得太紧张或他们疏忽了松松时，两人就快速擦干自己，抓住兔子，光着脚爬上七楼，来到佣人房间。他们可以整天相互挑逗，顾不得吃和休息，仅通过天窗感受时间的流逝。

  从黎明的淡紫到夜晚的浓黑，中间还有黄昏时火红晚霞的细微变化，外部世界在他们眼里被简化为一种光的律动。有时，当兔子也快撑不住了，他们就下楼扑向公园的大喷泉，随后找一处可以让松松恢复体力和随心吃草的阴凉地，人和动物都心满意足。在圣米歇尔剧场隔壁的暖棚里，被遗弃的菜园里还种着茴香球；再往下，植物园的教学基地里，有多种水果可选择。果树枝头硕果累累，犹如《雅歌》时代所罗门王的大地，有杏、桃、黄香李……在季节结束前，他们已经大口品尝了属于他们的那一份恩泽。

2
爬行动物

"生活中并非只有嘿咻这件事。"如果想上天堂，就选择这样的墓志铭。莱昂，那个背信弃义的家伙倒是精通此道，粗俗，凶狠，不是一般地坏。他能说会道，具有蛇的本能，目光能发生裂变。锁定猎物后，一开始他只是专注地倾听，甚至还彬彬有礼，打量着对方，很讲究方式，随着谈话展开，他渐渐看清对方的伤疤和尚未愈合的伤口。一旦划定了范围，即便是大致划定，他就将所有毒素变成腐蚀性黏液，一口喷上去。人家说他很没教养，但他内心坚信，他的这种方式在所有领域都胜人一等。他毫不犹豫将他的低劣上升到人类尊严的高度。只要他涉足的交易，他总是将弱肉强食置于公平意识之前，一上来就对对方最令人讨厌、最不爱听的东西赞不绝口。他以专业人士为幌子，形成了一套攻击别人的体系，打着斤斤计较的小算盘，不择手段地算计别人，毫无廉耻之心。购买时，这名掮客会从细枝末节贬低货品的价值，压价到他的心理价位，如果对方不接受，他就暗示会在同行面前激烈批评这些东西。他吹嘘说这种故意让人失去抵抗能力的攻击性手段非常有效，是奉承拍马盛行、虚伪泛滥的行业里的一股清流。他对贵族阶级的渴望在时间中似乎发酵很快。一年来，莱昂逐渐将他的风格强加给所有书店，在他这个比一般无赖更理直气壮的无赖面前，一家家书店败下阵来。

"生活中并不只有嘿咻。"为什么不？出于什么荒谬原因？在怎样的堕落和自我惩罚之后？身边晃着这么个人，吕西安担心人类重新感到需要被山羊、畜群、房子包围，需要拥有更多，需要聚敛财富，建立文明。什么事让人一有空就陶醉于独特的堕落？他试着把自己想象成15世纪末的美洲印第安人，看到克里斯托弗·哥伦布和他的人马登陆并占领他们大陆时心里是多么沮丧。征服者扬扬自得，他们在野蛮人眼里就是真正的上帝，但印第安人对他们的看法却刚好相反，认为他们是些令人作呕的造物、贪婪放纵的变异物种，携带着有毒物质，是羊身龙尾且能吐火的怪物，是狂热的宗教贩子。欧洲人对工作的狂热，喜欢传播谎言，动不动就背叛，特别是对黄色金属（这种金属的唯一作用就是让侵略者们变得癫狂）的渴求，只能让土著们惊讶得目瞪口呆。"一心只想拥有，这在他们身上就是一种病。"一位受人尊敬的巫师分析道。吕西安尽可能以印第安人的目光看待事物，在时间的洪流中找回原住民的关键视角。在这样的视角下，他清晰地看到造成当下处境的死亡逻辑——将现实变成数字，用收益评估现实。人们怎么可以放弃无限性而热衷于测量工具？

  天堂失落了，毫无疑问，

  天堂还将继续失落。

  吕西安经常思考人生终极问题，想起罗拉。说到底，他是在恼怒，他感到特别痛苦的是莱昂看得很准：在当代的年轻奴隶中，如书店学徒、实验室技术员，"嘿咻"在日常生活中已大大减少。仔细想想，确实要等到周围的世界都崩塌了，才会有机会为爱情付出精力，才终于会有漫长征途所需的精神准备。他们没有一起度过其他假期，也不会很快再共度。去年夏天，放焰火过后两天，罗拉去奥弗涅跟父亲团聚。正常情况下，恋人们应该满足于星期天和平时晚上见面，再加上偶尔的几次春宵。自从与罗拉相恋一年多以来，吕西安陷入持续的性苦恼中。对夏日狂热激情的回味远不能满足他，而突然回到现实反而加深了他对情欲的执念，犹如充了电。从早上醒来到晚间上床，在漫长的一天里，在他上班的地方里，吕西安一直被一闪而过的男女交媾的场景、蒙着水汽的面孔、干柴烈火般的身体所折磨。他不停回味着罗拉的身体，它就像磁铁一样吸引着他的心思。每当爱德华·梅森对他说起诗人的灵感，他最直接的逻辑，就是想到他深爱的女人的身体，想到她散发的气息。在这样的刺激下，他总要发愣片刻，随后躲到角落里面红耳赤，像只蒸熟的大龙虾。他已经很确定这种气息就是所有诗歌最初的源泉，他还从未如此伤悲，如此有人情味地诚实地呼吸。他很遗憾不能向杰夫倾诉他的理论。他一直没有杰夫的消息，每天都在盼着他回来。实在不行，他也很想敞开心扉同老板谈谈这个问题，但他敢肯定梅森会认为他的提议很失礼。确实，成年人的世界已经无可救药。

自从13个月前战争爆发以来，这对年轻恋人尤其觉得疲倦，阵阵刺痛就像一颗坏掉的牙齿，即使如他们这般的年纪。他们每星期要工作6天，一干就是12到14小时，罗拉有时更多。一月份，实验室的工作强度更是加倍：明尼苏达的科学家们刚刚确立了在核裂变过程中铀

235相对铀238的优势。约里奥-居里的团队自此知道了要聚焦在哪个同位素上以触发系列核反应。从1940年初到德国人挺进巴黎的6月14日,法兰西公学院的核化学实验室就三班倒,不停歇地工作。罗拉所在团队按照国防部要求,竭尽全力,在国家制造原子弹的接力赛中一路狂奔,无论精神还是体力,都达到了人类承受的极限。

如果说国家军事动员造成的超负荷机械工作,在罗拉那儿容易预见,吕西安在他的领域却前路难料。说实话,他已准备好重新过无所事事的日子。总之,战争爆发后的第一个月,确实如他所料的:500万逃难者,500万潜在客户的流失。巴黎"城墙内",公共服务被取消,大部分地铁站对公众关闭,这就足以让那些上点年纪的收藏家放弃了他们的小癖好。在中间体书店,再也见不到人影。确实,从8月底开始,法国人的任务就是放弃一切非生存必需的开支。公民责任心的浪潮已引起很多零售店倒闭,不久就轮到为他们供货的生产商了。9月15日季度结算日,法国的租户们一致认为房租不用交太久。他们想,对那些随时可能被毁的破房子,交房租有什么意思?法国人自愿奉行的艰苦生活已影响到国家的经济健康。对此风险,国家很快推出一个宣传广告做回应:"购买,就是你在为胜利做贡献。"

爱德华·梅森深信这是出版一本书目的好时机，也是为了不无幽默地提醒一下客户不要忘记他。他选择了一百来本书的卡片资料，交给印刷厂。样书在极短时间就送来了，吕西安不得不写地址、装信封，并把库存送到沃吉拉尔街的办公室。10天来，电话一直静默无声，然后有一天早上突然被打爆了。在这里两年半，吕西安还从未见过这阵势。经过9年的低迷，书业在经济振兴的元年开始高歌猛进。

在德鲁奥拍卖行重开之际，确切说在同一时期，"太阳王"①私人工匠制作的高级细木家具的销售达到顶峰。接下来几周，法国到处有价格飙升的非法拍卖会，旧书价格也随着油画、珠宝、波斯地毯等水涨船高。投机者寻找实物投资，毫不怀疑阵地战将漫长且代价昂贵。面对慢慢扩散的经济混乱，他们深信法国政府最终会归罪个人，侵犯银行账户。当工厂和商店因缺乏现金流而解雇人员时，他们用现金大量兑换成实物。受物资匮乏传言的刺激，投资者们加倍努力，不到一个月就成功控制了黄金市场。在巴黎证券交易所附近，到处是黑市交易。吕西安从德鲁奥回来的路上，看见投资者们带着暴发户心术不正的表情在路人的鼻子下炫耀钻石，展

---

① 太阳王，即路易十四（1638—1715），波旁王朝时期的法国国王。

示金条。然而，贵金属和宝石很快就满足不了这些投机者的投资狂热，这些人决定瞄准艺术品市场，因为相对于购买不动产，文化产品有税收模糊的优势。他们不在乎东西是不是真的好，只要有名人签字，有专家认证，特别是可以当场鉴定出来的东西就行。德鲁奥拍卖行的黄金时代来临了。

吕西安承认自己要从头学起。只需看看老板如何坚定沉着地在书上做记号，他便口服心服了。他至少意识到自己的无知。与那些自以为是的蠢货不同，他知道自己在这方面还是个菜鸟。在吕西安眼里，年轻的莱昂是市场新玩家的典型的杰出代表，带着得意扬扬的傲慢。他坚持与他们交往，以与他们共进午餐为荣，每周好几次与他们在佩尔蒂埃街的小富豪餐馆一起吃饭。在有拍卖活动的日子，莱昂负责汇总和执行竞拍命令。尽管拍卖时他是为老板工作，但每当他确信为顾客争取到有利的价格时，他会向他们收取一部分佣金。所以他能像他们一样穿戴——一套镶浅黄绿边的黑色西装，一顶男士帽，出入时尚店。在书店的小圈子里，即便平民百姓，也自炫感到了伟大的精神，最愚蠢的行为也能获得某种尊敬，这是一种真正的尊重，一种自然反应。而且，衣冠楚楚的购买者荒诞的言行很容易被认为是正确的。因此，莱昂虽然才18岁，却向每个人，不管他们是年轻还是年长，吹嘘地解释这份职业：比如市场大方向如何，何为"一本好书"，何为真正的好书；或相反，怎样的东西会被认为是"无价值的"。他就像个预言家，用一通不容置疑的胡言乱语吸引听众。他不满足于说理论，也不随潮流而改变理论，而是强调教义与践行神谕必须协调：不择手段几乎买下一切，不管是什么。

在书店的店堂里，哪怕有许多不常见的东西，莱昂都不会浪费一秒钟去看那些书架，他开口的第一个问题照例暴露了他一贯的没耐心："你有什么东西可以卖给我？"原则上，他只对近期征集到的、还未被人染指过的东西感兴趣，这样的东西同行间还未就价格达成一致。当他得不到优先权时，他会使出一套自己的办法。他不慌不忙地坐到书商对面，随后摆出一副很贴心的样子，聊起世道之艰难。道别之时，他总会弯腰系系松了的鞋带，一沓钞票就会从他内衣口袋滑落，通常是厚厚一叠，很不经意就落到那个固执的同行的脚下。莱昂于是弯着腰，几乎屏住呼吸，伸出颤抖的手去抓那叠钞票，嘴里还抱怨道："我不知道你怎么样，但我，那一沓沓钞票，真让我受够了！"

爱德华·梅森和他的伙计采取的是完全不同的策

略：纸箱策略。面对日益高涨的需求，吕西安和他老板花时间在书商们的库存中淘宝，有时在书店的库房里一泡就是整个上午。伪珍稀图书、不成套的系列、可笑的装帧、被弄脏的大幅插画、残次品、三流书籍……两人着力整理他们找出的有各种小毛病的战利品，搬运堆放，装满一个个廉价的瓦楞纸箱。作为严肃谨慎的书商，爱德华·梅森以前从不敢让它们接受公众检验。吕西安随后负责将这些残货拿到"鼹鼠"的工坊马虎修补。"鼹鼠"欣然接受这些繁重任务，虽然不得不拼命加班，但这样做他感到很高兴。因此，莱昂每次到"中间体"淘宝，总是能发现几箱新货，新鲜得就像蒙着一层细细露水，被不经意塞在桌子底下。见到他扫货的样子，吕西安虽然觉得这对莱昂来说很正常，但也对他表现出来的优越感很敏感。就如王子在鼓励总督，这个平时出手大方的人整箱整箱买，不计价钱。

"说实话，我是不能接受这小混混比我们更机灵的，"爱德华·梅森重复道，"然而，你看我们每次抬升价格，最终都是他得便宜，赚大头。这其中必有蹊跷，要么他的客户都是些傻瓜，要么他具有某种特殊的感召力。很遗憾，我不得不承认，这是一种天赋。"

这段时间以来，吕西安感到越来越疲惫，对于那位同行，他不得不甘拜下风。战争爆发以来，右岸的那个年轻学徒活跃于各种场合，给众多竞争对手带来灵感。在巴黎，不到一年时间，一个学徒小团体形成。他们对他亦步亦趋，被他的个性、鉴定书籍的程式和成功的例子折服。尽管年纪、体貌各异，但他们根据各自大同小异的镶绿边黑西服、奇形怪状的帽子可以相互认出来。他们就像是一群从城堡中飞出的寒鸦，经常在各大拍卖行的走廊出没，也常在书店里像蹩脚女学者般高谈阔论，东施效颦，模仿着大师们的傲慢劲。

那些贪得无厌的人十分活跃，发展迅速，必须提防他们的贪婪胃口。由于藏品越来越稀缺，爱德华·梅森决定不让他真正的宝贝出现在公众视野，只在书架上展示一些寂寂无闻的大路货。干不完的活，搬不完的书，一年来，吕西安简直成了搬运工。重活压身，吕西安的十指、筋骨、肌肉从未做出过如此多的贡献。他多么想喘口气，偷偷懒，让罗拉替他按摩按摩。他渐渐意识到，他的身体就如某种政治角力，是一种力量，力量的主人威胁要将其从他手里收回去。一段时间以来，确实，权力机构瞄准了青年人。8月下旬服兵役的规定被取消后，有传言说将以"青年集合"，后来又说以"青年工地"取代它。据说年轻人必须在20岁那年完成8个月劳动。报纸上说将进行一个全国性普查和采取强制性措施，违者将被追究刑事责任。吕西安为此十分担心：加入法国籍之前，罗拉将没有合法证件。

9月的一天上午，皮托克一阵风似的来到中间体。这个社科书籍领域的专家显得非常不安。他刚给他店铺的房东写去一封信，内附一张支票，含租期结束前的所有房租。他打算把库存藏起来，然后消失，等待纳粹离去。他知道他的朋友梅森在第6区有两处仓库，便请求把自己的书存放在那里。有可能的话，他也急需帮手，因为搬运这些书面临一个大问题：必须白天进行，并且不引起任何人怀疑。要一箱箱搬，就像是制作图书目录时那样陆续发货和邮寄。吕西安提出最好一次性解决，皮托克反驳说，很不巧，这是向公众表明他的犹太人身份的最好办法，而公众对犹太人越来越没有好感。他提醒说，自7月以来，在某些商业区，"禁止犹太人入内"这样的标牌越来越多，有家眼镜店甚至开玩笑地在店牌上写道："这里是利萨克（Lissac），不是伊萨克（l'Itzhak①）。"他还说，冠名列维坦、布沙拉②的店铺最近受到破坏。在梅尼蒙当大道，

---

① 此处两个词发音相同。前者为法国地名，后者为犹太人常用名。
② 均为犹太人常用名。

共和国广场的咖啡馆和圣旺跳蚤市场发生多起"排犹"事件。一些年轻人在行人和警察的纵容下，光天化日之下猛砸犹太人商店的玻璃橱窗。真名叫皮耶·洛克文的皮托克深知，他的荷兰籍让他很容易暴露。

吕西安感觉欠这个男人一份情，那天他遇到突如其来的麻烦时，这个人很爽快地同意照看松松，并未考虑自己可能面对的麻烦。皮托克的店铺离沃吉拉街的仓库750米，离雷纳街的仓库1300米。300个需要搬运的纸箱，只有一辆很好用的手推车。关键问题不是重量，而是搬运持续的时间。吕西安花了差不多三周才搬完，平均每天工作10小时。从10月初开始，他就已经加倍工作。而维希政府似乎铁了心要做出让皮托克最为恐惧的决定。1940年10月3日，政府颁布有关"犹太人身份"的法令，明确规定：在法国，犹太人属于低等公民，被排除在新闻、教育、军队、公共服务等行列之外。除此之外，他们还必须按照字母顺序，到所在街区的警察局报到，登记在册。第二天，姓氏以B开头的犹太人就被传唤。即便像亨利·柏格森[①]这样的名人，虽然在私底下免

[①] 亨利·柏格森（1859—1941），法国哲学家，生于巴黎，父亲是犹太血统的英国公民，母亲是犹太血统的爱尔兰人。

遭羞辱，仍不得不穿着拖鞋和旧睡衣到帕西①的警察局报到。同一天，莫尼·德布里②在圣旺选择过地下生活。

10月15日，星期二，晚上7点，皮托克像平时一样，拉上窗帘，店铺已完全空空如也。临走前，他坚持要感谢吕西安，送了他一本由拉查特出版社出版的法文原版《资本论》作为礼物，随后就消失在夜幕中，没有填写维希政府发的表格。

三天后，法国政府颁布了一条界定"犹太企业"的新法令，以阻止犹太企业通过临时管理人的手法达到"雅利安化③"。显然，要不是皮托克有灵敏的嗅觉，他将立即失去对书店的掌控，不准动用任何银行账户，也不准与客户接触，只能被迫贱卖他的书店。同样的政令扩展到其他领域，包括新闻、电影、戏剧和广播，针对自由职业也制定了一份禁止清单。

在书店里，吕西安还看到一份由出版者工会颁发的厚厚的通告，题目是"奥托名录——出版商下架或被德国当局禁止的作品目录"。通告针对占领区所有的书店，无论是卖新书的还是卖旧书的。吕西安好奇地仔细

---

① 帕西，巴黎街区。
② 莫尼·德布里（1904—1968），犹太血统的法国作家。
③ 希特勒认为德意志民族始于雅利安人。

分析了这些书名和新索引中的人名。许多姓氏的读音让他想起了杰夫·戈德曼，在这场提线木偶般的悲剧中，他的朋友现在怎么样了呢？

杰夫、皮托克、莫尼……吕西安发现自己周边有不少犹太人。德国人取胜之前，他真的没区分过谁是犹太人谁不是犹太人，无论是在亨利四世高中，还是在他爷爷的店里、在塞纳街集市的摊位。他只是遇到过一些美国人、中国人，隔一段时间会看到几个黑人，没见过印第安人。确实，吕西安在法国只见过普通的法国人和国外代理商。

3
文学季

在圣米歇尔大街吉贝尔书店的底楼，吕西安驻足在那些新书前，赞叹不已，一点没有意识到自己挡了别人的路。周围的人很生气，各种愤慨。他却越来越激动，完全没有注意到周边的人。他在想松松，因为他刚好看到摆放畅销书籍的桌上全都是有关家养动物的书。鸡、鹌鹑、火鸡、鸽子、山羊、绵羊，十多本指南通过清晰明了的插图，详细介绍预防疾病和饲养动物的现代技术。今年缺少各类文学奖评选，但法国公众选定了自己心中的获奖书籍。10月，先是安德烈·勒鲁瓦的大部头著作《畜牧学总论》出乎意料地受到大众欢迎，仅通过口耳相传的方式，就卖出了10万册以上。同一时期，园艺装修类杂志《乡村生活》在发表了一系列关于"家庭动物园"的报道之后，订阅量直线上升。但这一季最引人瞩目的是"未来丛书"系列中的一本只有72页、出版时完全被评论界无视的小册子：《人人都可饲养兔子》。兔子风靡这一现象远远超出书店范围：从平民区到富人区，不论阶层不论环境，人们都可以见到兔子如潮水般涌现在城市住宅区。兔子比牛羊类动物更容易养，又不似家禽那般到处拉屎和吵闹，就如一缸金鱼或壁炉的火焰供人消遣。短短几周，兔子突然成了法国人最喜欢的动物。

这种啮齿动物在卧室、厨房、浴室或贵妇的小客厅安家，甚至还被请进了小酒馆，人们在喝开胃酒时纷纷讨论起建造兔棚的方法。报纸为这种动物刊登各种图文并茂的实用性文章，为初入门者解释不同品种的兔子的不同特点，包括它们的心理状态。兔子也有上头版头条的时候呢！1940年10月20日，当局发现比塞特医院做实验用的兔子样本被犯罪分子盗走。在愤怒的大众要求之下，政府承诺一定严惩亵渎者。吕西安冷眼看着这些由基督徒改行的动物狂热爱好者，尤其是他们在布西市场当着他的面争抢苦苣时。遗憾的是，在生活物资匮乏、实行定量配给期间，吕西安很担心民众的这种迷恋还将持续。他为此暗下决心，谁都不许动松松一根毫毛。

罗拉是个有原则的意大利女人，遗憾的是她的原则首先在面粉和大米面前败下阵来。它们在她眼里是健康、合理、完整饮食的基础。但事实上，吕西安攒下的那点钱，加上梅森的帮助和在周边小饭馆的巧妙应对，两位恋人每天也仅能勉强填饱肚子。吕西安自嘲说白糖的限量供应也会带来某些好处，尤其对他的牙齿。每周有4天糕点铺是不开门的，他巧妙地对付自己苦行僧般的日子，在自己瘦长的身体里感受到剧场中那种崇高的精神。他从不喝酒，只喝过一次被称为"国民咖啡"的非常涩的泡酒。

如果说此前吕西安还能轻松调侃节食的优点，11月突如其来的雾气，就让他尝到日常困苦的滋味。那不是歌德在一夜销魂后感受到的寒冷，而是一种彻骨冰寒。在他的佣人小房间，室内温度只有一到二摄氏度，他只好用稻草为松松铺了个窝，免得它冻僵。取暖的小火炉令人绝望地空空荡荡。在店里，只有梅森的办公室才有一点暖气，旁边的接待室和资料室却是冷冰冰的。为了抵御寒冷，吕西安不得不来回走动。大楼烧柴油的中央取暖装置无法启动，因为缺少燃料。英国人的封锁让人们在巴黎已经很难找到煤炭柴油。至于木材，在一家B级取暖的餐馆，一小团火所需的木柴，值一副刀叉的价格。上班路上，人们习惯像街头卖艺者或集市菜贩那样穿得里三层外三层。晚上回到家里,温度如此之低,人们都不敢脱衣服。在大家眼里,衣服已经失去它文明的功能,成了野蛮人身上第二层五彩缤纷的皮肤,而且还散发着异味,刺激着人们的鼻腔,因为衣服晒不干。即便平时一向优雅的罗拉,也不愿脱下胸衣。确实,从她法兰西公学院的实验室到她阿莱西亚街阁楼的小房间,她一直处于寒冷之中。她觉得永远也不可能完全焐热自己,即使看了两个小时的电影,即使依偎在自己男人的怀里。如果不是为了帮助对方克服困难,情人又有什么用呢?

11月30日,星期六的午后,吕西安请求离开书店,去清点一下他的库存。每当从梅森那里收到一批货,他都习惯挑出一些精品。但两年来卖不出去的书越积越多,无价值的东西积压得令人吃惊。他脑子里闪过一个念头,哪怕像纳粹那样烧掉一些书,也要在焚书面前保持政治立场。他来到雷纳街的仓库,开始挑选,毫不惋惜地把有关法兰西行动的出版物扔到一旁,其中有几本《全球杂志》,有莫里斯·巴雷斯①的著作,夏尔·莫拉斯②的诗歌,所

---

① 莫里斯·巴雷斯(1862—1923),法国作家,国会议员。
② 夏尔·莫拉斯(1868—1952),法国作家,法兰西学术院院士,法兰西行动的领导人。

有菲列布里什派①作者的作品，包括弗雷德里克·米斯特拉尔②。他整理出几大堆媒体赠品以及马塞尔·儒昂多、德利厄·拉罗歇、雅克·班维尔、保尔·莫朗、罗贝尔·布拉齐亚克等人的作品，也没漏掉德鲁莱德兄弟。花了差不多一小时，他才把法国当代文学书架上的那些极右文学作品在储运货物的底盘上堆成一米见方的一摞。他看到希望了，指望靠这些燃料熬过严酷的冬天。

当天晚上，他邀请他的美人到他那里过夜。当房间达到他们所希望的温度时，罗拉终于脱光衣服，吕西安告诉她，不能对不起某个色情狂所描写的疯狂的爱情之夜。

"你至少没有烧了萨德侯爵的作品来取暖吧？"罗拉调皮地问道，"你对我说过，它们很稀有，烧了可是太糟蹋了。"

"我烧的是贝当元帅的宣传册，亲爱的。我可是讲等级的。"

面对厄运，吕西安在开发D系列的资源。他不是唯一在战争期间将劣势变为优势的人，至少采取了令人吃

---

① 1854年在法国南方普罗旺斯成立的文学流派，主张用南方的奥克语写作。
② 弗雷德里克·米斯特拉尔（1830—1914），法国诗人，普罗旺斯语言和文艺复兴的领导者，1904年获诺贝尔文学奖。

惊的态度。周围都是些饥饿的人，张着嘴等待食物，这些饥寒交迫的市民现在唯一的念头就是活下去。旧书商们吃得比以前少了一半，纷纷在餐馆里打发时间。他们围坐在长桌旁，借酒浇愁。他们在学校放学时分手，恋恋不舍地拖着沉重脚步回到店里，脸红得像粉色和红色的漂亮睡莲，上床前哈欠连连。

吕西安的老板尽最大努力摆脱这些吃饭礼仪，但也开始发福。比起同行，他吃进肚里的是对时局的担忧。爱德华·梅森不指望书店业会有什么奇迹，只希望不要卷入合法的罪行。面对雅利安化进程，他严格选择中立。他认为，犹太人早就将自己的命运与书捆绑在一起，一个人只需循着书的痕迹，就可以追索到自己不完善的家族谱系，今天依然如此。由于无法光明正大地批量收购——战争期间，这种收购本来是可以保护那些被抢掠同行的利益的——出于竞争也是为了自己的利益，爱德华·梅森提倡全面抵制收购被雅利安化的企业。基于旧书店只能吸引旧书商的原则，就如水泥厂只能吸引水泥工，他只向周围发出一个信号：不跟负责转让企业的临时行政者有任何接触。然而，10月25日一封信寄到了旧书业行业协会办公室，信的开头提醒说，行业管理机构有法定义务统计犹太人开办的书店，并根据名单向法国当局汇报，不得有漏。行业协会的秘书对同行间的这种行径表现出厌恶和抗议，大家前一天还一团和气地相互致意呢！梅森是少数几个知道这封信内情的人之一。信里有左岸三家书店老板的签名，但梅森坚持拒绝指认他们。

这消息一石激起千层浪，引起同行们的猜忌和不安，大家越来越担心。书商们一个个相互提防，虽然还像从前一样聊天，但从此不再说知心话，即使在小圈子里也不说。在一些难听的话和套话背后，透过一些宽慰人的话，吕西安感觉这些话真正的意思就像蛀虫在侵袭衣服的纤维。在"排犹"的论据背后，他感到特别愤怒的是，没有一个人站出来揭露告密者的无耻动机。罪行就在他们眼皮底下，在他们内部。书商们不应在这种共同犯罪的沉默中继续蒙羞。梅森持有一件武器，吕西安认为老板有责任使用这件武器，因此催促老板公开那些叛徒的名字，让他们名声扫地，揭露真相，这样大家都可以松口气。

"真相？"爱德华·梅森生气地说，"把这份热情留给书籍吧，拜托！让我给你解释解释社会上的事情是如何运作的：首先是人们希望听到的事，这就是别人整天在告诉他们的那些事；然后是人们想打算听但别人从来不会告诉他们的事,因为怕打击他们甚至要了他们的命;在这之后,才谈得上真相。你自己也可以感觉到,每个人都想真诚地对待站在他面前的人,了解他所认识的人,适应他以为了解和猜到的东西。这是自发的,不假思索的。我们不能说这就是谎言,因为这是一种必要的虚伪,没有它,社会就会变成一个垃圾场。揭秘,从来不是一种自由出售的武器,与你以为的正好相反。真相本身就是一种恶臭的分泌物,是人类故意放过的隐秘的卫生事件。它毫不掩饰地告诉我们,日常生活中妥协有多么普遍。真相也如其他疾病,会威胁人的生命。你这段时间带着厌恶在旧书店行业所观察到的所有恶心事:合法的抢掠、雅利安化进程、告密等等,并非我们这个行业所特有。你必须明白,这些现象在法国经济的各个领域都存在……当然,吕西安,大家都认为真相跟胜利者站在一起。你应该念念奥马尔·海亚姆的诗,因为他会教你在现实生活中如何讲述、如何保持沉默:

对卑劣者应保持神秘
秘密不能让狂人知悉。
好好思考自己对他人的行为
必须对全人类掩藏自己的期望。

吕西安不相信书商们都熟读奥马尔·海亚姆。但说起希望，必须承认，大部分同行都尊重东方哲人关于沉默的古训。股市重开导致投资者大幅减少，引发的评论却很少。蹊跷的是，处于第一线的莱昂很少说空话。吕西安总是看见行业里的那些中坚力量在中间体书店进进出出，但书商之间的交流减少到只限于商品本身。昨天还那么吹毛求疵的商品来源问题，现在早就被抛到了脑后，流言蜚语已不能吸引人们的注意力。有些事情已经发生变化，老板说得对：真相已不重要。

11月起，书店纷纷转让，图尔农街热闹非凡。在书商的记忆中，自大革命以来还从未有过如此汹涌的转让浪潮。这些转让最初来自急于出手的犹太客户。爱德华·梅森在他的镶皮大办公桌后，谨慎地接待各类收藏家，奉上一杯热茶，长时间与他们交谈，说话时就如他从他们那儿回购东西时一样彬彬有礼。出售者很满意，又把他推荐给自己的朋友，口口相传。

到了12月，供出售的货品多得惊人，因为有些专业人士也大量抛售自己的宝贝。他们避免在大白天出现，往往采取地下交易的方式。圣诞节过后不久，吕西安和他的老板看到一个男人推门而入，腋下夹着个画夹。此人穿一件运动装式样的开司米大衣,看上去有60来岁,他准确而流畅的动作让人想起魔术师。他从画夹中取出一沓古老的金色直纹纸,精美的波浪形白边宛如女人漂亮的长发。那是有米歇尔·德·蒙田签名的两封亲笔信。爱德华·梅森和吕西安直勾勾看着,简直不敢相信自己的眼睛。第一封是1582年4月28日写给波尔多市议会的;第二封是1583年8月31日写给亨利三世国王的。写满精美字体的信纸共有12页。穿开司米大衣的男人自称是伯爵,这两封信来自家族收藏。梅森请对方坐下,吕西安则到隔壁屋子寻找相关资料。梅森在核实物品的过程中不住点头,然后问对方:"您出价多少?"

"伯爵夫人和我希望一共能卖两万法郎。"那个帅老头说道。

他说话时仿佛嘴里塞了一只袜子。吕西安猛然挺直身子,鼻翼抽动,眼睛睁圆,仿佛一只猫窥视着猎物。爱德华·梅森镇定地重新拿起那叠纸,慢慢翻看,手指朝各个方向抚摸着纸页,似乎陷入复杂审慎的思考中。犹豫了许久,他终于说道:

"非常抱歉,伯爵先生,我恐怕不能接受您的报价,因为这超出了我的能力范围。"

那人带着米歇尔·德·蒙田的手稿在大雪中一离开，吕西安便试探问道："是假的吗？"

"可惜不是，那是完完全全的真迹。"爱德华·梅森答道。

"那您可以价格翻10倍出售呀。我不明白，给我解释解释吧！将来，这些罕见的精神食粮会越来越珍贵。我敢肯定。老板，您坏了好事！"

"50万，吕西安，你明白，我至少可以赚50万。你没看出这当中的问题吗？一个基本原则：清白是无价之宝。我认为，这些信是偷来的，或是用极少一点钱买来的，跟偷也差不多。"

爱德华·梅森透露，他知道刚才那两封手稿非常出名，是私人藏家手中仅存的两件。他记得应该属于奥德翁街乔治·李普西兹的书店，那位老先生战前曾用颤抖的声音说起过那是他最有价值的藏品。吕西安告诉他说，剧院边上的这家书店12月20日就关门了。最近听说，标有"犹太人产业"字样的出售告示刚被摘下。

"围猎的号角吹响了，猎狗已放出。"爱德华·梅森悲伤地总结道。

1941年1月18日，星期六，吕西安独自守着书店。下午3点左右,杰夫·戈德曼推门而入。两人激动地紧紧拥抱,庆幸经过这么长的艰难日子,还能活着再次相见。消失了16个月,这位哲学家士兵的举止和发型都没有多少变化,依然是板寸头,笑容里依然有着孩子似的羞涩,但脸上绽放着某种欣喜。两人迫不及待地互相讲述流逝的这段时光。

杰夫·戈德曼于1939年9月3日以中尉军衔被征召到防空炮兵部队,第404先遣团,不久被提升为上尉,在圣康坦北部靠近戈德里的地方指挥拥有一门75mm大炮的中队。在5月的溃退中,他先是用这门大炮击落了7架敌机,后来他们的小组在一个没有遮蔽的乡村被德军连人带炮一起抓走。他同一些法国军官一起被押送到萨克森①和西里西亚②边境科尼斯坦要塞的俘虏营IV-B。他发誓要在冬季来临前逃出去。

12月2日,他同另一名上尉一起躲在装床单的篮筐里,成功逃了出来。他偷偷回到巴黎才几天,需要钱穿过边界线前往图卢兹,打算去找他哥哥。吕西安向他保证在经济上支持他,还答应收留他,直到他去解放区,并坚持让杰夫更全面了解他的女朋友罗拉。她也参加

---

① 德国东部的一个州,首府德累斯顿。
② 中欧历史地区,在奥得河流域,现在分属波兰和捷克。

了战争，在实验室里。吕西安很想听听他们对战争的看法，提到了一家高级餐馆的名字，并顺便提醒杰夫在圣日耳曼一带很危险：

"纳粹德国空军的总部就在离这儿20来米远的参议院大楼。总之，你有点像是回来嘲弄仍惊魂不定的受害者。"吕西安正大笑着，一名德国军官动静很大地推门进来。

那人十分高大，下巴很尖，冷若冰霜，穿着有金色饰带的合身蓝色军装，军帽上缀有一只鹰，胸口也有一只，衬衫衣领外挂一枚包银的黑牛角十字架。纳粹德国空军的这个英雄似乎十分愤怒。

"不许有犹太作家！不许有犹太作家！"他咆哮道，站得笔直，用手杖猛敲橱窗里陈列样书的架子，补充说："先生，禁止犹太人的书，必须禁止！"

吕西安愣住了，对这场面不知所措。杰夫接过话，温和礼貌地用德语问了一个问题。仔细听完德国军官的回答，他弯腰到橱窗的陈列架上拿掉两本书，递给吕西安，让他立刻收起来。那是斯宾诺莎的《笛卡尔哲学原理》和海因里希·海涅的浪漫诗集《诗歌曲》。杰夫不紧不慢地陪德国军官走到门口，说了些什么，还从纳粹那儿得到了一个笑容。

"你的老板表现出相当的勇气,但让你陷入了危险,"杰夫稍后直视着吕西安,说,"不过既然这事把我们的脑子搅得一团糟,我们总有一天要下决心采取行动,至于方式嘛,肯定不会太温和。"

4
论公妻制

停战协定签订后没几周,某个周日的午休时刻,6个男人聚集在维希一家五星级豪华酒店顶楼一间隐秘的玻璃小暖房里。这群人中最年轻的28岁,最年长的35岁,大家都系着天青色领带,与手指上刻有姓名字母的戒指颜色相应。清一色的白衬衫,珍珠白的银质纽扣。8月中旬,关在类似暖房的地方,他们激动得汗水打湿了领口,就像一群生气勃勃的小公牛,聚在车轭下准备干活。

这支小分队感觉自己肩负着不同寻常的荣誉:思考国家的未来,重建价值观,总而言之,关乎法兰西灵魂。所以,他们要确定贝当元帅提倡的"国家革命"的雄伟目标和具体实施手段,证明其方法可行,日程安排也要表现出想象力和灵活性,避免像一盘散沙。在具有象征意义的改革部分——由于不影响财政预算,深受最高权力的赏识——抓住这个机会，提出改造法兰西公学院，据理力争。报告的起草者叫艾马努埃尔·德塞萨尔，一名32岁的巴黎高师历史学毕业生，前途无量，已经有掌握国家秘密的丰富经验。在前言部分，这位专家感慨法兰西公学院为众多捣乱分子提供舒适环境，更不用说约里奥-居里和他的外籍团队。他确信在研究人员中已经发现好几名犹太教徒、不同国籍的托洛茨基派及共产主义者，对这些人，政府必须立即进行"有力清理"。他建议做出调整，让人更清晰更明确地听到"真实的国家"的声音，了解"不朽的法兰西公学院"。在场的每一位权威人物都认为他的意见很高明，当场一致通过，立即呈报。

维希的"青年奥斯曼"①并不是唯一对法兰西公学院及核化学部门感兴趣的团体。两天后，约里奥-居里收到舒曼将军的最后通牒，毫不含糊、十分强硬的通牒：要么继续跟德国人合作研究，要么回家钓鱼去。约里奥-居里被催促立即表态，但他断然拒绝在舒曼将军要求他重启研究工作的命令上签字。他知道占领者需要他，所以硬得起来。他不仅面临断送职业生涯、失去实验室和一台回旋加速器的风险，还决定着整个团队（包括罗拉，

---

① 二战期间的一个极右组织。

还有许多来自全欧洲的避难者)的命运。约里奥-居里认为,既然把他们吸引到巴黎来,就要对他们要负起码的责任。因此,他当天晚上接受非正式对话,同意与舒曼将军的翻译在圣米歇尔一带的酒吧见面。

这个翻译叫沃尔夫冈·根特纳,曾是铀俱乐部成员,是一个核物理学家。两位科学家战前还就回旋加速器问题通过信。约里奥-居里十分清楚这位德国同僚对他的欣赏和希望他接受合作的真诚意愿,便为自己的实验场所据理力争。正如他所想的那样,根特纳是一个十分高效的辩护人,只花了几周时间,就成功地让他的上级舒曼将军赞同居里的大部分做法。作为开场白(但并非不重要),双方一致同意研究工作不为军事所用,随后还达成协议,除根特纳团队批准的科学家之外,任何德国侨民都不能进入法兰西公学院,而且这些科学家还必须低调,脱去军服,通过沙尔捷耶断头巷的边门进出。根据合同约定,占领者拥有实验室内部两间独立的屋子,在学院地下室有自由进出的门,可以在那里了解回旋加速器的工作,并得到法国团队协助。只有约里奥-居里有权随时自由出入所有办公室,他也是核化学实验室唯一负责招募团队成员的人。

得知罗拉的工作场所免遭检查,吕西安松了口气。

处于军方独家保护之下，法兰西公学院得以躲开占领方的其他权力部门——尤其是警察局和教育部门，在首都享有独一无二的治外法权。在靠马塞林–贝特洛广场一侧的大楼外墙，吕西安看到沃尔夫冈·根特纳精心钉上牌子，上面用法德两种文字刻着：

"巴黎法兰西公学院实验室主任居里教授，受驻法军队统帅指令，与德国学者共同工作。鉴于此项任务的特殊性，此处受德国军队保护。"

据罗拉说，甚至看门人也接到正式命令，如果纳粹、军人或平民要进来，可以拉响警报。

在维希，阻挠居里的意图受挫。政府对一名有布尔什维克倾向的学者改变了态度，德塞萨尔感到很伤心。显然，弗雷德里克·约里奥–居里懂得利用自己的价值。圣诞节前不久，法国行政部门一下子批准法兰西公学院的5名外国人入籍。强硬一点还是有收获的：罗拉不久前入了法国籍。

在图尔农街，抵抗精神渐渐占据书店。几个月过去，爱德华·梅森的书店发生了明显的变化，从此面向更为年轻的客户群体。在店主的推动下，书店转向在世作者的作品，逐渐成了解巴黎文化必来的地方。在行家看来，中间体书店从此成了叛逆作家的汇聚点，是被禁诗歌绝佳的藏身地。第一份奥托书单发表后，梅森决定只要那些犹太作家仍被法律禁止，就暂缓定期出版图书通讯。占领者制定了有辱法国书业的条款，梅森得到书店俱乐部通知后，反而致力于四处收集违禁作品，并开始有所收获。他只在私底下接受两三位同行、几名可靠的经纪人和索邦大学一名博士生参与。这些人违反"塔法巴"①精神，负责整理他们四处收集到的作品，编成传单和报纸，不经审查即印成书。爱德华·梅森试图出一期非法的《法兰西书目》特刊，在材料和印刷方面，都完全仿制正式的《书目》杂志。吕西安积极参与，不吝啬业余时间，尤其喜欢去小酒馆收集匿名顾客遗忘在小饭桌上的小纸条，上面写着具有轰动性的散文。

到了2月，梅森决定将他的资料搜集范围扩展到南方。为此，他征询几位巴黎知识分子的建议，通过信件与他们保持联系，订阅每一份经常遭维希政府审查的期刊作为支持，如阿维尼翁新城的《诗歌41》、里昂的《弩》和《合流》、圣伊莱-杜图韦的《存在》、尼斯的《诗的侧影》、马赛的《南方手册》、艾克斯的《奥雷斯山》、图卢兹的《比利牛斯山》和阿尔及尔的《泉

---

① 该词由"工作""家庭""祖国"三个法文词汇的前两个字母组成。

水》。无法克制的突发奇想让梅森毫无怨言地花费这笔钱。吕西安看着他热衷于战争期间的精神产品和被占区的抵抗文学。梅森不仅从这些杂志中捕捉言下之意,还在丈量一块他所陌生的大陆,在字里行间绘制新的亚特兰蒂斯。作为研究16世纪的专家,他熟悉莫里斯·塞夫和佩尔内特·德吉耶,现在开始进入他之前从未研究过的当代诗歌领域。那些诗人,忧郁、愤怒,脑袋固然在云端,身体却趋向行动。他迷恋他们的踪迹,带着宗教般的虔诚,保存哪怕最微小的东西,到处收集原始版本,手迹、照片,如同搜集所有的瞬时记忆,想做一本家庭相册。

到了春天,爱德华·梅森接受保管一份秘密小报《抵抗:公共拯救全国委员会公报》。那是一份在人类博物馆印制的油印刊物,油墨很淡。"在我国,服从既不盲目,也不机械,它能激发思考。"梅森摆弄着这几份样刊,仿佛那是神圣的遗物,他把它们与手稿一起藏在保险柜里。他躲在安静的办公室里,谨慎地只分发给几位经过精心挑选的抵抗事业捍卫者,不过他倒是允许大家查阅:用透明薄膜保护好的这些报纸,经过十几个人阅读仍完好无损。那间隐蔽的小屋有个好处,有个小门通往大楼内院,这样可以不经过店堂就能走到街上,或直接到梅森夫妇位于7楼的公寓。这样的结构让梅森感觉很安全，他不停地接待来访者。

吕西安每天都要同艺术家、哲学家、杂志编辑、风头正盛的知识分子们握手；每星期都能见到一些新面孔：戴着老板鸭舌帽的若泽·科尔蒂，卢森堡公园对面出版商行的主人，或瓦诺街沃尔图诺书店的老板勒内·拉科特。从此，吕西安开始研究那些活生生的诗人：路过北部地区的路易·阿拉贡，恰好住在街对面的罗贝尔·德斯诺斯，还有本雅明·丰达内、乔治·巴塔伊、米歇尔·莱里斯等。总之，一支诗人部队。吕西安常嘲笑他们的作战效率，冷眼旁观这些连枪都不会使的抵抗分子，对罗拉说，他甚至认为他们的参与只是一种"美学姿势"。

作为对比，他赞赏杰夫·戈德曼的历程。这位哲学家具有洞察力，自1938年就决定拿起武器，抵抗法西斯主义，哪怕冒着巨大的风险。梅森所有的新朋友似乎都承认这一点，甚至连敌人都能感觉到。如果要说这些诗人的拙劣作品还有什么价值的话，吕西安认为那是一种掺假的神秘主义，散发着圣水缸里常见的臭味。他认为民族主义抒情诗的总体灵感令人恶心，完全无视诗歌可能已达到的顶峰。此外，他还将那时过剩的诗歌创作与进出商店的次数、全国人民正在忍饥挨饿的痛苦和飙升的失业率直接联系起来。萎靡不振、精神恍惚、大麻产生的幻觉，以真正的诗歌之名大行其道。吕西安十分审慎地旁观着正在这个国家兴起的预言者大军。

坦率地讲，吕西安感到不高兴是有具体原因的。他将个人利益与老板的新信仰对立了起来，这种态度，说到底只证明了他对老板隐约有些不满，是人际关系经过一段时间后的隐性恶化。吕西安总感觉爱德华·梅森和他保持着距离，担心自己不再得到老板的相对信任。不论什么情况，吕西安对钱的事都表现得十分认真。他的正直和磊落毋庸置疑，他决不会拿它们来做交易。原因不在这儿。

一段时间以来，爱德华·梅森似乎压抑了自己的天性，学会了沉默。总而言之，他开始不信任自己的学徒，吕西安从一些蛛丝马迹猜测到一二。老板不再向他介绍邀请来的客人，他们在办公室交谈的内容对他来说成了秘密。几个月以来，吕西安已经多次注意到这种现象。每当他接近老板参与的谈话，迎接他的是立刻沉默，仿佛是一种化学反应。事实上，在心照不宣的沉默中，他多少已经猜到他们所要保守的秘密并不涉及生意，而纯粹是行业之外的活动。他不认为这是老板对他的爱护，相反，在他看来，这份多虑就是对他政治上的不信任。

从心底来说，吕西安承认他的老板并未全错。他想起了自己的父亲，无产阶级的英雄，24岁那年死于社会斗争第一线。《人道报》整整8天用头版报道了那场杀戮，共产党为此组织了全国性的葬礼。拥有这些神圣的身份，吕西安知道自己在政治上已被灼伤，就像脸上被烙上了红印。德苏协议签署后，他从未如此深刻地感觉到自己本质上就是共产主义者。当然，他不能认同莫斯科的"战术性调整"，认为那是一种可耻的犬儒主义，甚至还狠狠嘲笑过党员的捍卫义务，他们常常强迫自己无条件地忠于祖国。但1938年8月底之后，法国警方针对共产党及其同情者的措施及时提醒他，他并不属于意识形态那么统一的团体，更多是属于生物意义上的一个家庭。每次新迫害都将这种印记更深地嵌入他的血肉中。在《人道报》被禁、2800名共产党人遭逮捕流放后，法国人最卑劣的反应是幸灾乐祸，看到当局发放里通外国罪的证明而欣喜若狂。遭受人民阵线的侮辱之后，他们终于进行阶级报复了，比如吕西安在图尔农街的邻居维尔海格尔先生，一个出色的电工，他的店铺在3个月内遭到15次搜查。为摆脱警察的骚扰，他不得不关门歇业。不过，他在全民运动刚刚兴起之际，只交了一年的车牌税。于是，各种调查全方位展开，并立即扩展到税收领域。这些调查得到了广泛支持，邻居之间、同事之间、法国人之间纷纷主动举报。已经有数不清的公务员被迫辞职，据说便衣警察随时都在监视地铁轨道、餐厅大堂和电影院门口排队的队伍。秘密警察出入于酒吧，侦听颠覆性言论和怀旧的牢骚，稍有不慎，他们就会扑上来。这些密探变色龙懂得融入各种背景，只有在掏出手铐时才露出真面目。

从宣战到溃败，其间最令人惊慌的传言，是关于驻扎在马其诺防线的那些共产党员战士的命运，他们背负着叛国的骂名开赴前线。对舆论来说，这是去当炮灰。根据法律，宣传共产主义就是犯罪，要被判死刑。在最后进攻的前夜，有谣传说，准备彻底清洗防御工事里的共产党员。后来事情并未发生，但吕西安深信即便失败，政府的这一清理计划也不会改变。他不禁想，在法国军方和各省警察局的办公室里都有一份名单，记录着共产党人和共产党同情者的名字、住址、职业和体貌特征。这个念头经常折磨他，似乎向他投来一缕既让人担忧又让人自豪的光芒，国家应该也把他列入被谴责者名单中了。他感到松了口气。说到底，他巴不得这样呢！

梅森喜欢以玩笑的方式，讽刺吕西安的死板与教条，至少是在小范围内。吕西安一如既往地抗议说，不是他拥抱了马克思主义，而是现实拥抱了马克思主义。"一个幽灵，共产主义的幽灵，在欧洲游荡。"他借用《共产党宣言》中开首第一句话作为权威证据来回答。他还记得几年前第一次读到卡尔·马克思的女儿罗拉·拉法格的译本时，生平第一次仿佛被雷电击中。他回忆起翻开书本时，先是感到一阵狂风，紧接着暴雨扑面而来，然后是一连串电光火石砸向他的宇宙，展现了意想不到的风景，揭开了躲藏于阴影下的全部世界。师徒两人读到的这份对资本发出的"宣言"，让吕西安眼前一亮，这种感觉是诗歌——即便阿尔蒂尔·兰波的诗歌也无法给予的。合上书时，他的视野从此被打开了。对吕西安来说，世界已经找到新的出路。环顾四周，世界沐浴在崭新的光芒之中，个人也在激荡中脱胎换骨。

吕西安本来会真诚地赞同马克思和恩格斯的每一条理论和每一句分析。他赞赏两位年轻哲学家可靠的现实方法，他们未满30岁，就证明了自己的权威性。书中随处可见嘲笑讽刺的力量，让他深受鼓舞。不过有个细节让他感到忧伤，真的。在《共产党宣言》第二章关于"无产者和共产党人"这一段，作者对一种常见的非议，即对他们试图建立妇女团体的指责，反驳说：

"公妻制无需共产党人来实行，它差不多是一向就有的。我们的资产者不满足于支配他们的无产者的妻子和女儿,更不满足于正式的卖淫,他们还以诱奸彼此的妻子为最大的享乐。资产阶级的婚姻实际上是公妻制。"

读到这句话,吕西安感到背脊发凉。他想到了罗拉,想到她带给他的激情:爱情的表示。在他眼里,他们各自的身体器官和性兴奋都不属于自己,这一切唯有在他们两人之间才能真的绚烂绽放。受人以群分这种逻辑的影响,吕西安觉得自己是跟罗拉进入圣地的,而不是跟其他人。因此在革命思潮下,古老情感永远存在,吕西安感到非常嫉妒。

随着天气转好,罗拉又常在阿莱西亚街过夜,独自在家准备她的阶段考试。吕西安则在自己的保姆房里长时间反复思考,愤慨地对着松松倾诉他的孤独和气恼。他不知道在气什么,但在罗拉轻快活泼的态度里,有什么东西发生了变化。一个细节:她不戴方巾了,改用一枚细长的发夹夹起头发。也许更令吕西安不安的是,她丢了4条仿爱马仕方巾,却一点不记得何时何地丢的,也不见她对所丢之物有多少不舍。她常常王顾左右而言他,有时显得心不在焉,开始说起法兰西公学院的紧张气氛来。她说实验室氛围越来越糟,一段时间来,约里奥–居里怀疑,德国人操作回旋加速器的目的,在于制造军用的同位素。实际上,法国团队和德国团队相互指责对方秘密监视自己,并相互提防,所以罗拉老想着自己的工作。吕西安看着她的黑色的头发和漂亮的脖颈,想起他耐心地从英文翻译过来的一首诗,正好能表达他的心情:

也许并非总是如此;我说
如果你的唇,我之所爱,要去亲吻
另一个人;如果你令人仰慕的手指
要在不远的将来,抓住他的心,
就如现在抓住我的心一样;
如果在我熟悉的静默中,
你的秀发刚刚拂过另一张脸,
或这些用来折磨人的话语
面对绝望中的人无能为力;

假如真的如此,我是说假如——
我的心上人啊,只需给我一句话;
我要去见他,握住他的手,
对他说,请接受我的祝福。
然后,我将转身去听鸟儿
在遥远空寂的荒漠上可怕的叫声。

5
噩 运

"因不确定而工作，前往大海。"①杰出·戈德曼住在巴黎时经常这么说。这显然是采取行动的口令。但1941年夏的第一天，随着德国军队入侵苏联，在吕西安眼里，大海仿佛突然退到远离滨海的地区。自从东部战线被撕开，对共产党人的围剿在法国确实越来越明目张胆。占领者不断加强追捕、突然袭击、拷问，以前所未有的凶狠镇压共产党，肆无忌惮地杀害关押者。吕西安凝望着地平线，火焰似的光芒染红了天空，正危险地逼近他。他感觉自己就如搁浅在麦堆中的一只小船，在狂风肆虐下动弹不得，只能坐以待毙。他对胜利者的霸道常常先入为主，这大大加剧了他的恐慌。举例来说，他信德国佬的高效、纳

---

① 出自帕斯卡尔《思想录》。

粹行政机构的严谨,设想盖世太保肯定会拿不受欢迎者的名单做文章,而且肯定会比法国警察在这两年所做的厉害得多。晚上,他在小房间里独自陪着小兔子,心神不宁地听着走道里的响动,相信没人会跑到7层楼屋顶下的这个小房间去找他,所以或早或晚最后总能入睡。然而在店里,每当店门被推开,铃铛一响,他便以为有人来抓他了。出于本能,他的脚趾会不由自主蜷缩,类似鹰起飞时收拢爪子,紧缩肌腱。他调整呼吸,努力控制潮水般涌来的紧张感,平复激动的情绪。为忍受身体的极限,必要时要把自己掐出血。通过深呼吸,他好歹能控制住自己,不流露出内心的慌乱。

爱德华·梅森至此还什么都没发现,但罗拉通过吕西安一直湿漉漉的手掌心,知道他担忧得要命。她在任何时候都表现得柔情似水,用母亲般的耐心,用她的亲吻,试着安抚深受煎熬的他,但完全失败了。10月底,一件鸡毛蒜皮的小事,让他的被害妄想达到了极致。

这天下午3点左右,吕西安刚出书店去送货,爱德华·梅森就在街上追上他:他把一个紧急包裹忘在桌上了。手推车已经装得满满当当,吕西安好不容易才把那个包裹放到一大堆书的顶端,然后朝先贤祠方向,用尽力气往坡上推车。他在参议院前小广场尽头的沃吉拉尔街左拐时急了点,捆扎货物的绳子松开了,那个包裹掉了下来,滑出几米远,最后停在参议院门口两名站岗士兵的脚下。吕西安吓得魂飞魄散,散开的牛皮纸包里露出三本用宽橡皮筋仔细捆扎的皮革封面的小册子,每本小册子用厚厚的纸张装订,切口呈不寻常的米黄色,一看就不是普通的书。吕西安注意到纸张厚薄不一,上面还有等长的黑色条纹。他一眼就认出那是一沓带照片的身份证件,粗粗地伪装成一本书。

一瞬间,他仿佛看到卢森堡公园远远的灰暗处,葬礼的队伍开始迈步。他慢慢抬起头,挺直身体,勇敢地与潜在的刽子手对峙,对视着他们的眼睛。那两个德国士兵没有威吓他,倒是大笑起来,相互在对方肋部捶了一拳。纳粹在公开嘲笑他的倒霉样,当然还有那些书的模样。吕西安学着做苦工的人无可奈何的样子,慢慢捡起那些书,让那两个哨兵乐不可支。纳粹德国空军的前飞行员也许因为近视不适合开飞机了,自从东部边境被打开缺口,驻扎在巴黎的军人确实都是些超过35岁的残兵败将。

总之,对吕西安来说,这次意外坐实了老板在自己店里从事的活动。他为梅森在这些地下活动中指派给自己的任务感到伤心,在老板看来,他就是一头粗俗的骡子,而他更愿意扛枪打仗。未来该采取怎样的行动,他感到十分困惑。

一天晚上,他向罗拉敞开心扉,寻求建议。罗拉要他向老板和盘托出,不要拖延。他有点失望,没听她的,最后在黑市用自己的钱买了正宗的麻绳代替梅森喜欢使用的蹩脚纸绳。比起老板的态度,现在更令他痛苦的是,定制假证件的那个人也瞒着他。吕西安原以为"鼹鼠"是一个真诚的朋友,自己曾在几个月里对他掏心掏肺,还共处一室。"鼹鼠"同情和支持共产党,吕西安看到他跟梅森秘密合作,却把自己排斥在外,便更觉屈辱。但他一声不吭,继续当他的骡子。朝他们扔石头,他是做不到的。然而,除了"鼹鼠",还会有谁?罗拉和莫尼是否也视他为一种威胁?谁知道他们是不是也会把他撇在一边?

11月中旬起,吕西安确定自己被跟踪了,且已经有一段时间。他行走时总有一种奇怪的感觉,自己的脚步声似乎总有一种若有若无的回音。他还经常感到脖子下方有一种压迫感,就像落枕时的感觉,后背还会阵阵发凉。这种紧张感让他想起小学作文课上,老师溜达过来偷偷站在他身后,俯身越过他肩膀查看情况的场景。吕西安觉得，自己的直觉不会错：纳粹已经分析过他的生活习惯和人际交往，一一弄清他所接触的人之后就把他抓起来。

  他决定采取各种策略来对付他认为的这些监视。小时候，在比隆市场祖父的书摊上感觉无聊时，他阅读过大量侦探小说。他能很好地分析出盯梢者的套路，尤其是对方所处的不利位置：只需当场撕下一个密探的伪装，就能让对方出局。吕西安使出系鞋带这样的经典招数，这尤其适合在地铁过道使用，让跟踪者原形毕露。车到地铁站台，他通常等到车厢门即将关上的最后一秒才冲到站台上。在他去阿莱西亚街罗拉住处的路上，他会下车好几次，还会毫不犹豫突然折返，就是为了让跟踪他的人晕头转向。有时候他会心血来潮，突然狂奔800米，然后停下来喘气。他恐惧未来和现在，一点风吹草动就吓得他要死，只有疯狂奔跑到筋疲力尽时，才会感到稍为轻松。他让自己慢慢平静，感受空气中的芬芳，观察露天咖啡座上的年轻人。从战前迄今，背景并无多大改变，然而吕西安却感觉从未如此生活过。

  通常，他尽可能多地变换这种无规律的行为方式，因为这是最难复制的。大白天，当他要掩盖出行目的时，他总是先拐到蒙帕纳斯公墓，罗拉就是在那里启蒙了他的性潜能。他把那里当作过滤网、分拣中心和罗盘指南。那里有三个相近的地铁站，四个不同出口，无数个藏身处，蒙帕纳斯似乎就是驱赶幽灵的理想之地。吕西安去莫尼那儿时，从来不用其他方式。那位诗人曾嘲笑他有点像哈姆雷特，对墓地情有独钟，但也恰如其分地赞赏他的谨慎。事实上，在吕西安交往的人当中，莫尼是唯一能真正理解他的人。犹太人身份条例颁布后，这名南斯拉夫侨民失去了旧货店，还换了好几处藏身地，只能偷偷地住在14区边缘旺夫街尽头的一个小公寓里。他有一些假身份证件，但不到万不得已，他不会使用这些制作粗糙的假证件，所以他的生意只限于几个熟悉的书商和客户，只在十分重要的交易时才会冒险去城里。

莫尼处于这样的半自由状态已经14个月。那是1941年12月24日，他去南方离首都约130公里的卢瓦雷省的卢瓦尔河畔–圣伯努瓦，与诗人马克斯·雅各布共度圣诞夜。主人向他保证晚宴上会有冰冻栗子、奶油蛋糕、勃艮第松露、上等好酒和当地家养的鸡。莫尼当然也不能空手而来，他带了一幅约瑟夫·西马的水彩画、一支蘸水钢笔，还有一些敏感的礼物。书包里还放着这个塞尔维亚人希望得到签名的几本书和一个装满钞票的信封。万一雅各布愿意出让他的宝贝呢？

真是奇迹，火车车厢的暖气居然还不错。这趟旅程到奥尔良之前一切正常，莫尼在那里等待转车去卢瓦尔河畔-圣伯努瓦时，感觉几乎要冻僵了。他下车时刚好下午2点45分，一层厚厚的雾气笼罩着车站，墙上温度计指着零下15摄氏度。候车大厅里，他看到3个德国士兵正在说笑，便离开候车楼找一处酒吧落脚。外面100米左右有家小酒馆，他走过去推门，刚要转动门把手时，看到两个穿制服的法国警察靠在柜台前。他悄悄转身回撤，决定从侧门进入1号站台，在那里寻找可以躲避旁人目光的角落。最后，他来到月台尽头放置变压器的水泥小房子后面。用不了多久他就会被冻僵，虽然他身上裹了一层又一层衣服，马海毛帽子、手套、厚皮靴一样都没少，但他不敢搓手跺脚。周围一片寂静，一丁点声响就会被冬天的雾团放大、扩散，如同体内的神经刺激。他呼出的热气也会把他暴露，所以只能尽量待着不动。

下午3点30分左右，解放的时刻似乎快到了。莫尼已经感觉不到他的双脚、嘴唇和脸颊上部。突然，他听到有脚步声，有人走近变压器，他以为是乘客准备上火车。他没有慌乱，继续保持不动。他尽量低下头，鼻子朝地面出气，突然，两个法国警察出现在他面前，年长的那个警察要检查他的证件和书包，另一个则用枪指着他，询问他的身份。

"名字和职业？"

"克洛德·帕斯卡，巴黎书商。"因为紧张，莫尼说"克洛德"这个名字时，口音有些奇怪。

"典型的案例，"第一个警察悄悄对第二个说道，然后对莫尼说："两个都是名，其中一个却被当作姓。人们一般以为这是普通的混合姓名，但在这混合背后藏着某个犹太人。记住，伙计，只有狗和犹太人会在基督出生这天待在户外把自己冻僵。"

莫尼被吓得说不出话，他用尽最后一点力气争辩道，他是去看望一名虔诚的基督徒，一个很忠诚的人，打算一起庆祝圣诞节。他甚至还知道卢瓦尔河畔-圣伯努瓦教堂晚间弥撒的时间，他们可以打电话或看当地报纸核实。他补充说，他受过洗礼，领过圣体，甚至还说自己可以用拉丁语背诵《圣经》中的"我父在天"。两个警察心照不宣地相互看了一眼，根本不听他喋喋不休，眼睛里露着邪恶的得意目光。

"犹大的谎言！"第一个警察拔出手枪，指着莫尼的脑袋，像对待一条狗一样在他耳边低声道："脱了长裤，褪下短裤，否则的话我让你脑袋开花。就在这里，当着这些绅士的面。"

在西伯利亚般的严寒中，一群人围着他们：乘客及送他们到火车站的人。莫尼从他们脸上看出他不能指望任何帮助，没人会提出抗议。大部分人表现出好奇，有些人还面带微笑。莫尼想不出如何才能摆脱受辱的局面，说不定他还会被捕。他浑身动弹不得，喘不过气，胸口就像被一把铁钳从两侧紧紧夹住。警察没有一点迟疑，用枪托猛击莫尼的太阳穴。他不得不照办，昏昏沉沉地脱下手套，解开裤扣，然后抬头看着天空脱下了裤子。

他周围的那一小群人朝各个方向挤来挤去，无论大人孩子都在寻找最佳角度来看热闹。两个警察揉了揉眼睛，有点惊讶，随后蹲在莫尼的下腹前，凑近看那玩意，过了很久才站起身，态度变了，带着愉快的略有怜悯的神情收起武器。插曲结束，莫尼被要求重新穿好衣服，人群也随即散去。他的情绪受到了强烈的打击，在北极一样的寒风中，莫尼受过割礼的生殖器，萎缩得让两个审问者只看到一个怪异的人体器官：一个十分可笑的短小阴茎，一本正经地顶着一块包皮。

回到巴黎后，莫尼就陷入了黑暗。连续几个月，他躲避着众人的目光，整天躺在旺夫街小套间的地板上，一动不动，关上护窗板，拉上窗帘，光线全无。无论出于什么理由，他都拒绝出门，害怕遭到警察盘查。他无法忍受被如此对待。1925年，当他决定离开贝尔格莱德前往巴黎时，他还以为找到了自由的国度。在他眼里，唯有这光明之乡象征传统精神，代表了人类与野蛮的长期抗争。同他一样，成百上千的人涌向巴黎，将他们的才华寄托在他们盲目崇拜的法国身上。现在法国背叛了他们，他们怎么样了？死了，逃了？在家里被传唤，或者被囚禁在集中营里？战争一爆发，法国人就为他们修建了这些集中营。这位诗人被自己选择的家园所放逐，躲避白昼的光明和人类的目光，陷入抑郁，渐渐迷失了归路。

说真的，莫尼不愿见任何人，除了吕西安和波莱特。波莱特是一位22岁的漂亮的褐发姑娘，吕西安只碰到过她一次，不超过5分钟，但足以明白姑娘对莫尼的感情。她每两天来一次旺夫街，从不间断，替他购买食物，收发报纸、刊物、信件等。吕西安则负责他的财务和"文学消遣"。莫尼在巴黎生活了17年，熟悉先锋文学领域，积累了不少当代诗人的宝贝：初版书籍、照片、手稿、信件、文献资料等。由于可以依靠爱德华·梅森，吕西安的第一手货源拥有一个理想的出口。每隔10天，他就给目瞪口呆的莫尼带去货物脱手后的收入。两位朋友长时间讨论那些旧纸堆，一起找出可供出手的货品。根据交易性质不同，吕西安最高可以拿到百分之二十的佣金。"千万别让这鸽子飞了！"莫尼总是这样说，然后站起身，双臂交叉抱住前胸，手掌插在腋下，学着灰鸽扇动翅膀的样子，嘴里发出一长串咕咕声。他笑不出来，便用滑稽动作来转移视线。

看护病人的工作很快就越来越多，最后占据了吕西安的大部分时间：罗拉染上了严重的支气管炎，已经卧床一个月。事实上，几周以来，吕西安就已经预感到她要撑不住了，因为她的精神一直高度紧张，没有放松过。约里奥-居里和他的团队面临被夺权的威胁，沃尔夫冈·根特纳年初离开了，继任者一到就想发号施令，不仅要求监控公学院的内部设施，而且要对所有工作人员进行军事管控。压力很快施加下来，罗拉担心她新近入籍事件会引发德国人的好奇，幸好约里奥-居里拒绝向强权屈服。他据理力争，拆卸了回旋加速器的几个零件，使之无法运转。整个一月份，局面就这么僵持着，直到他想出了一个应对办法：同意修复回旋加速器，接受德国人提出来的夜间巡逻原则，前提是由他自己招募保安。

2月初，纳粹最后让步了，远远没想到法兰西公学院立即就成了一个地下活动中心。据罗拉说，晚上，实验室被用来打印传单、制作燃烧瓶、组装收音机。听着她的描述，吕西安想象一群不重实际而好作空想的学者在蜡烛的微光下制作炸弹，随后在黎明时消失，去打击敌人。这是他第一次听说有这样一支队伍，就在离他家不到500米处。他心动了许久，随后放弃了这念头，努力保持理性。他从未像现在这样想加入抵抗组织，也没想到如此危险：正如他所想象的那样，他受到了监视，他不能冒险让所有人都处于危险境地。

而且，罗拉病倒了，吕西安临时充当护士，他像着了魔似的全身心投入，给她最好的照料，宠溺她，一开始就将她接到图尔农街自己的住处，把她安顿在松松旁边，把房间烧得暖暖的。他听从医生建议，买来尼斯柠檬和索洛涅蜂蜜，还有掺上热糖水的朗姆酒。两个星期来，他把芥末纸敷在罗拉身上，每天两次芥子泥疗法。下楼去书店上班前，他总是把一个装了水的罐子放在矮桌上，以备罗拉咳痰。他天天检测她的体温，却悲伤地发现她高烧不退，于是想起了杰夫关于战争期间能量之重要性的理论。显然，无论罗拉抑或莫尼都已经没有能量，他们的能量被偷走了，被榨干了最后一滴。从去年10月冰冻伊始，每个人确实都生活在饥饿与疲惫中，每天都在挨冻。吕西安从未经历过如此严酷的寒冬和如此漫长的宵禁。德国人独占了卡路里，大吃大喝。他们极大地侵占了这个国家的资源，使能源成了敌人最明显的特征：包括石油、纪龙德鱼子酱和电灯。因此，狂乱中的吕西安从不会为背着煤气包的汽车开过而惊慌不安，相反，听见烧汽油的马达声，他拔腿就逃。由于类似的原因，身体瘦弱的书商很容易获得他的信赖，但他像躲避瘟疫一样躲避红光满面、大腹便便的同行。他在路上遇见用打火机点烟的人也会格外提防。至于电话、警笛、国家电视台等等，他觉得早就是德国人的财产了。

3月中旬一个晴朗的早晨，经过5个月的连续冰冻，温度终于升到了零摄氏度以上。在春天的第一缕阳光下，这天风和日丽，甚至有点温暖。罗拉醒来时，体温稳定在正常值。尽管支气管还有些喘息，但她坚持起床做最简单的漱洗。中午时分，她请求穿上衣服，去卢森堡公园的小路上晒晒太阳，呼吸呼吸新鲜空气。一个小时后，通过简单的能量补充，她似乎就痊愈了。因此，杰夫的理论不仅正确，求助于这种咒术般的理论还通过魔法效应作用于现实。

6
世界上最大的书店

1942年4月,最后一批给犹太企业打上烙印的布告从城市的风景中消失,法国经济的雅利安化结束了。在一年半时间里,巴黎几十家书店悄悄换手,大部分甚至等不及在公告栏公示。购买者深信公开这类偷盗性质的交易会产生不良后果,因此打算果断坚决,熟悉情况,巧妙行事。作为开场,他们先是有条不紊地收买他们看准的那些行业的临时行政主管,以保证自己拥有独家交易权和内幕消息。他们强行让自己的代表,一些穷光蛋雅利安人,最好是破落贵族进入谈判,建立候选者档案,最终替他们完成掠夺过程。法国行政部门认定犹太人都很狡诈,必须粉碎他们在市场上的共谋,因此加快处理行政文件。交易结束,名义上的买家赚了一笔佣金,然后回归匿名状态,从来不会有同行在新店里遇到他,也不会碰到旧店主。几个月过去，巴黎书店的小圈子终于明白这是怎么回事：雅利安同行的书店永远不会重新开张，接手者才不是为了发展销售网来首都开分店，而是为了吞并竞争对手。

在业内，关于买家的真实身份传言多多，据猜测他们人数不多，财力雄厚，拥有庞大的关系网络，与高层人物有默契并受保护。流言蜚语主要针对3家书店，其中莱昂的老板首当其冲。有传言说，他进行过30多次可疑的收购，其中有几次确实涉及犯罪。人们尤其指控他通过水军抢占市场，在报纸上登小广告招募后者，还组织各种各样的公开售卖，通过特鲁奥拍卖行出售他合法抢掠的大量货品，甚至向盖世太保举报自己的客户，以收购他们的商店。大家虽然一致谴责他，但也佩服此人在这个人人都为自己的利益精打细算的行业里如鱼得水。

确实，在巴黎，即便是最小的旧货市场，周日早上一开箱拆包，便可看见数量多到难以置信的货物。在拍卖行，为了应对相当多的书籍、手稿、油画、艺术品等，拍卖估价师大开信贷之门：职业竞买人甚至可以谈到12个月的支付账期，数额不限。书店的钱箱装得满满的。在图尔农街，捐客们每天都在表现自己的职业热情。爱德华·梅森承认，他在首都从未见过如此多的好书，也从未见过如此多藏品频繁换手的火爆场面。

毫无疑问，德国人进驻巴黎后，旧书业在地下市场竞争激烈。离协和广场几步之遥，纳粹占领者建了一家大得人们想都不敢想的书店，在一个80米长、16米宽，两侧都是巨型玻璃的长方形建筑里，书店占据了整整3层，采用埃及金字塔那样的叠加造型。这还只是冰山上的那部分，冰山底下的部分由分散在巴黎及近郊各处的十几个仓库组成，那里至少有上百万册书籍，包括成千上万的珍本、艺术精装书，几百卷手稿文献，还有一些文学、艺术、科学书信及第一手资料。这家书店还附带一个同样巨大的画廊，那里的宝贝多得完全可以办一个大型展览，明亮的光线下能看到各个世纪的杰作。人们还以为来到了乔瓦尼-保罗·帕尼尼①的名画《古罗马观景长廊》中，做着收藏家的梦。几百幅油画层层叠叠挂在展览馆的墙上，放在高高低低的展台上，每个角落都堆满了雕塑。作品放在那里当然不是为了攒积灰尘，用不了几天，它们就会被买家买走，然后留出空位给其他杰作，商品周转率高得惊人。有传言说，1940年秋天，

---

① 乔瓦尼-保罗·帕尼尼（1691—1765），意大利画家。

维米尔①的两幅画《天文学家》和《小提琴家》同时在那里出现过,希特勒本人还要求有绝对的优先购买权。

人们提到过波提切利、格拉纳赫、弗拉戈纳尔等大画家的画作,还说在那里凡·高的画作价格十分优惠,利润可观。现代派画作常常被视为废品,最固执的人才会看中它们。光是被带着参观画廊、检查库存清单和搜寻存货是不够的,还必须说服主人接受交易条件,最好是物物交换。这方面最专横的那个人有超级买手的名声,是个不择手段、不达目的誓不罢休的捕食者。他的"网球场"计划就是这样来的。此人从20世纪30年代起就梦想着在拿破仑三世建造的杜伊勒里花园尽头的豪华建筑中拥有一个商业王国。现在他对这个被精心改造、用来放置从法国各地搜刮来的艺术品的地方拥有绝对权力。每次途经巴黎,他必从自己匆忙的部长出访行程里抽出时间来此参观。他喜欢亲自了解库存情况,用他的话来说,是为了开胃。据说他对这家在全欧洲掠夺犹太人财富的企业情有独钟,是它最主要的客户。补充说一句,只有希特勒治得了他。他的名字足以让他的对手们

---

① 约翰内斯·维米尔((1632—1675),荷兰风俗画家,被看作"荷兰小画派"的代表画家。代表作有《戴珍珠耳环的少女》《花边女工》《士兵与微笑的少女》。

胆战心惊：他叫赫尔曼·戈林。

帝国元帅赫尔曼·戈林对古典绘画十分着迷，为了纪念他已逝的妻子，他决定以她之名建一座私人博物馆。他在卡琳庄园①展出他的藏品，那栋十分宏伟的乡村风格的建筑位于勃兰登堡的肖尔菲德森林。这位终极解决方案②的发起人，在熟人面前乐于以"帝国的猎犬狩猎队队长"的身份出现。他自诩博学的狩猎者、艺术与文学的赞助者和文艺复兴坚定的拥趸。而实际上，他如凶残的恐龙，贪婪地盯着那些掠夺来的艺术品。他到网球场画廊进行交易（3年不到，22次交易）时，他的助手们服从命令，只为他提供最出色的作品。倒不是因为不好的作品会污染了这位贵人的眼睛，而是担心影响买卖的效率和速度。送到卡琳庄园的作品，戈林原则上只保留举世无双的杰作，但他也会染指稍逊一等的作品，有时要给元首送礼物，维护上下级关系，但他尤其热衷囤积，以激起当地人的热情，丰富他的物物交换系统。因此，他的搜刮范围十分广泛，但他忽视了19世纪的油画，且完全鄙视20世纪的前卫作品。

---

① 赫尔曼·戈林为纪念他第一任妻子卡琳·冯·福克女伯爵而建的庄园，里面收藏了大量艺术品。
② 指屠杀犹太人计划。

有一天，赫尔曼·戈林兴致盎然，破例闲逛，一直来到"受难者大厅"，位于"网球场"最深处像帝国沙龙一般大的一间展室。在保罗·克利①、毕加索、施威特斯的画作及其他上百件悲哀地堆放一处的"堕落作品"中，他注意到一幅色彩阴暗、尺寸中等、画着森林的油画。他拿起画框，仔细察看，不放过任何细节，毫不迟疑地伸手摸摸画的表面，用指甲抠，甚至还用舌头舔了一下。他在斜照在地面的阳光下细致察看画面的高低起伏，一系列动作显得十分内行。他用单片眼镜仔细查看签名：马克斯·恩斯特②，肯定是个德国人。检查了两分钟后，他并不真的觉得这画很美，但一时宽容，承认油画里有某种瓦格纳式的神秘。最后他把画放回墙角，后退几步，然后猛然转过身去。"退后十米，恨意重起。"赫尔曼·戈林承认道。离开"受难者大厅"时，他长舒了一口气。

据说来自法国艺术品商人、行家、拍卖估价人、书商等业内人士的货源，源源不断流入"网球场"。布鲁

---

① 保罗·克利（1879—1940），瑞士造型大师、画家，父亲是德国人，母亲是瑞士人。
② 马克斯·恩斯特（1891—1976），德裔法国画家、雕塑家，被誉为"超现实主义的达·芬奇"，他在达达运动和超现实主义艺术中均居主导地位。

诺·洛希和沃尔特-安德烈亚斯·霍弗在现场负责鉴定物品，登记价格，筛选优先购买的作品，每周向柏林提交一份报告，他们唯一的上司赫尔曼·戈林那一年就住在那儿。在法国，这两人深受纳粹德国空军司令的信任，代表他在法国的利益，在他追逐宝藏的过程中打头阵，同时负责他在巴黎的采购。在特鲁奥拍卖行的走廊里，大家都围着这两个人转，以他们的利益中心为主，设法讨好他们，挖空心思地琢磨哪些东西能吸引这些新贵，加倍当心地翻检特鲁奥的拍品目录，渴望进行物物交换。5月中旬，有传言说戈林的打手们委任巴黎某神秘书商参与路易·布兰的遗产拍卖。贝尔纳·格拉赛出版社的老板不久前以55岁的年纪去世，留下大批一流文学著作藏品，吉亚尔公证处月底组织了一场为期5天的文献和藏书马拉松式的拍卖会。拍品包括大批手稿和大量使用高级纸张的精装首版，主要是活跃于圣日耳曼一带的作者的作品：雷蒙·拉迪盖①、亨利·德·蒙泰朗②、让·吉奥诺③、库

---

① 雷蒙·拉迪盖（1903—1923），法国作家，主要作品有《魔鬼附身》等。
② 亨利·德·蒙泰朗（1895—1972），法国作家，代表作有《独身者》《少女们》。
③ 让·吉奥诺（1895—1970），以乡土作家身份享誉法国文坛的著名小说家，代表作有《屋顶上的轻骑兵》。

尔齐奥·马拉帕尔特[①]等。这场拍卖迅如闪电一般突然举办，市场很火，成功可期。

爱德华·梅森听到消息后，终于搞到了拍品目录，也打算参与这次吸引全行业的大竞拍。戈林的密使会竞拍哪件拍品呢？在巴黎，大家都在猜，想赌一把。爱德华·梅森仔细分析了347本图书的简介，然后把吕西安叫到办公室，告诉他自己的看法："46，65，66！"老板宣布道，仿佛这是一场以概率计算的赌局，"我打赌戈林的人会拍这三件东西。"

吕西安研究了这三件拍品的介绍：第一件是希特勒的《行动纲领》法文本，贝尔纳·格拉塞出版社1936年出版，两本中的一本有"希特勒元帅亲笔签名"，珠白色的高级纸张印刷。第66号拍品，吕西安发现是普鲁斯特的《在斯万家那边》，1913年的首版，也是格拉塞出版的，当时用日本和纸印刷、紫色皮封面精装了5本，这是5本当中的一本，连同几包手写资料。最后一件拍品是伽利马出版社出的13卷豪华精装版《追忆似水年华》，有很长一段手写体题献。

"我不认为戈林会收藏普鲁斯特，要是我，我不会

[①] 库尔齐奥·马拉帕尔特（1898—1957），意大利记者、剧作家、小说家，代表作有《毁灭》《皮肤》。

在这上面押一分钱的赌注。"吕西安有些不相信。

"这正是你要去做的,兄弟。我要你星期五去特鲁奥拍卖行。如果一切都像我说的那样,你就体面收回你的话。我打电话通知吉亚尔,并商谈你的出价范围。我才不会把那本神经病的《行动纲领》当回事。你可能还有困惑,但要对普鲁斯特的首版咬住不放。我听说亚历山德里娜·德·罗斯菲尔德的收藏本已经转手到'网球场'。如果戈林真的想要路易·布兰的藏本,他就等着出天价吧!"

就这样,爱德华·梅森决定把吕西安推到聚光灯下。1942年5月29日下午2点20分,吕西安挤在特鲁奥拍卖行二楼9号拍卖厅门前的人群里。众人准备竞拍第31号拍品,尤其是女人们,相互比拼各自的优雅和香水。吕西安看见几个同行经过,似乎有些紧张。他还看到了自己的五六个顾客,不过大部分都是陌生人。自1938年他当学徒以来,拍卖行的观众有了很特别的变化。业内人士一统天下的局面只能是记忆中的场景了,平民百姓蜂拥而至,大部分暴发户通过为德国战争当中介,获得了巨额财富。他们拥有巨量现金,却不知如何花。在这样一个食品需要配给的时代,他们既不能出国旅行,也不能购买高级时装;不能买最新款豪车,也不能买皮草饰品。与其在黑市买成吨的黄油，还不如带上老婆来特鲁奥投资艺术品市场。这样的事在战前是无法想象的，这些年轻的企业主毫不犹豫地暂时放下老板的工作，亲自来这里观摩拍卖盛况。业内人士抱怨他们令人愤慨的讨厌行径，尤其担心这帮人不合时宜的积极性不但会肥了中间人，还会无节制地抬高价格。乌合之众也破坏了修正的机会。

大门刚开几分钟，吕西安就在人群中感受到了巨大的压力。有产者和商人们焦躁地跺脚，大家都像打了鸡血似的，争先恐后，甚至大打出手。

吕西安在大厅最后面找了个座位，一个观察拍卖台的理想位置，紧靠着墙。大堂中央很快座无虚席，众多观众聚集在一排排座椅后面。吕西安本能地将双手压在大腿下，对称地摊平掌心，贴着灯芯绒，掌心有些潮湿。他担心在这里任何细微的动作都会被算作举牌，他都不敢抬头。拍卖台前的第一排座位上，他一眼就看到了他的劲敌。莱昂穿着一件裁剪合身的雪白衬衫，外套一件丝绸马甲，刚刚去过理发店，头发油光铮亮。在众人的目光下，他显得十分轻松，像田径运动员那样挥舞着二头肌，不时露出微笑。吕西安见他对着萨瓦人尖叫，像狐狸狗一样，又像鱼贩子般漫不经心地跟书商们高谈阔论。右岸的这个年轻学徒放肆地对秘书们说着不三不四的话,每开一个玩笑,都放声大笑,还厚着脸皮用"你"称呼比他大40岁的鉴定人安德里厄,把他当作是达不到高潮的人,想激怒他。

拍卖迟了一刻钟开始,确实,当局有所干预。吉亚尔大师宣布说拍卖费提高到15%,招标费除外。他还提醒说,自3月份起,犹太人被明令禁止进入特鲁奥拍卖行,请犹太教徒从一楼大门出去。然后,他清清嗓子,宣布第二次拍卖正式开始。

一开始,年轻的莱昂就全方位出击,先声夺人。他在众人的鼓掌下,发疯似的竞拍头两件拍品,其中包括阿道夫·希特勒的那本书,以创纪录的9500法郎拍下。吕西安目不转睛地看着莱昂,欣赏莱昂的手法。继希特勒的作品之后,那位年轻高手又拍走了弗朗索瓦·莫里亚克①的《痛苦》,那是一个校样本,他粗暴地撕掉了镶嵌工艺的皮封面。"我要让保尔·博内来做精装封面。"他对着大惊失色的看客们说。他喜欢用各种粗暴手段打击对手的信心,提高竞拍价,以10倍的价格来对付哪怕最弱的竞争对手,然后满口和生殖器有关的侮辱

---

① 弗朗索瓦·莫里亚克(1885—1970),法国小说家,1952年诺贝尔文学奖获得者。

性粗话，让所有厚颜无耻的人都败下阵来。拍卖师提请他注意礼仪，却不断受到攻击，只得忍受大伙的哄笑。

《在斯万家那边》稍后将进入拍卖环节，编号66，专家将起拍价定在1万法郎。吕西安几乎喘不过气，紧盯着莱昂的后脖颈。大厅很快沸腾起来，价格五千五千往上蹿，直到悬于半空才稍有停顿。命运似乎已定，对那位新富不利。爱德华·梅森错了，莱昂可没迟疑，正当木槌要敲下时，那个喜欢充好汉的年轻人举起手，要求核对卷册，似乎对大家的拍卖的热情深表怀疑。然后，他威风地点点头，示意以9.5万法郎重新竞价，想看看会怎么样。吕西安紧追不放，咬住价格，仿佛在进行一场拳击赛：他以14.8万法郎继续跟拍，但也超出了梅森给他规定的界限。他感到浑身颤抖，颈动脉大大扩张，心几乎跳到嘴里。莱昂转过身来，狠狠地盯着他，大厅里的人也盯着他，丝毫不想错过这场恶战。

"14.85万！看你放不放手，搞鸡奸的小屁孩！"他在疯狂的欢呼声中咆哮道。

下半场的争夺让人喘不过气来，群情激奋，喊声震天。结果相同，左岸完全被右岸击倒。人们站起来欢呼，长时间跺脚、激动地大叫。之所以如此，是因为人们选中了自己的英雄。然而，在欢呼声中，无论是对

《追忆似水年华》破纪录的价格，还是对年轻莱昂难看的吃相，公众都不太恭维。

几周后，吕西安决定在罗拉陪伴下庆祝他的20岁生日。他在巴黎歌剧院附近一家高档餐馆订了靠近喷泉的露天座位。喝开胃酒时，罗拉从包里掏出一本崭新的仿皮封面的无格线笔记本，供他写诗和译诗。在这个物资匮乏的年代，这是一份真正的爱情信物。两个年轻人面对面，举起香槟酒杯，在烛光下享受精美的菜肴。罗拉情话绵绵，目光迷人地看着自己的恋人，有时甚至在桌底下伸过去一只光脚。但吕西安显然意不在此。他想着流逝的时光，想着今后10年，预感十分不好。他怎么也摆脱不了那样一种感觉：他在最糟糕的历史节点进入了人生最糟糕的年纪。年轻的莱昂可以在平庸之辈面前如孔雀开屏那样，彰显着他的重要性，扮演有影响力的经纪人角色，有望拥有出色的客户资源。但在国家眼里，莱昂只是1922年毕业的一介草民，一个被缓期征募的毛头小伙子，跟自己一样。这两个学徒欠着同样的债，身体被奸诈的债主占据。而债主根据自己的需要和对敌人的不断妥协，尤其根据自己对年轻人的无情压榨，一天天合法地变动着债务。吕西安不得不告别的富裕而复杂的生活，并从中看到了死亡判决。即便在认识罗拉之前，他也从未想过要在某天出发去服兵役，或被迫离开活色生香的日子。维希政府花了两年时间还没能让德国人接受在占领区设置青年劳动营的原则，不过它很快会以其他方式来争取自己的权利。6月，拉瓦尔抛出以志愿者为基础的《换防》条例。在所有人看来，对一个急于牺牲自己孩子的残忍的国家来说，这仅仅是个开始。

吕西安对这种相似性想得更多。说实在的，他忍不住将莱昂看作自己的影子，是在可能的范围内误入歧途的另一个自我。他想起了时代的怯懦，想起了莱昂的轻而易举，这样一比他心情就不好了。而且，他讨厌生日，一直害怕过生日。每年7月23日都会让他更接近一个内在的期限，就像一种倒计时。他父亲活了25年3个月17天。吕西安确信自己也会死于非命，这个数字让他预感到他生命中的一种本质属性：无论如何，这不是随便什么命运的标志，而是他永远无法逾越的一种生物界限。这样的前景每天都在破坏他的希望，但他还不敢向任何人提起，甚至对母亲也没说过，也许是担心这太过荒谬。

罗拉跟他同病相怜，也是孤儿，有着敏感的心理，动不动就担心，情绪波动极大。也许她也产生过同样让人惊愕的念头,仿佛九泉之下汹涌的急流和恐怖的海洋?又有谁知道,如果她老想着母亲自杀的事,她会不会接受相似的结局?吕西安不敢大声说出这个问题,怕吓着她,让她以为自己疯了。他看着她,她已沉默了几分钟。他觉得她是如此亲近,实际上,他几乎可以发誓,她的沉默源于同样的心路历程。

第三部分
哈姆雷特,丹麦王子

"今天,我败了,仿佛我知道真相。"

——费尔南多·佩索阿[1]

---

[1] 费尔南多·佩索阿(1888—1935),葡萄牙诗人、作家,葡萄牙后期象征主义代表人物,代表作有《使命》等。

1
诗与1942年的真相

10月27日，星期二，下午3点刚过，一对夫妇出现在图尔农街。爱德华·梅森在自己的办公室里休息，吕西安一个人在干活，包装那些小册子，突然看见门外有个女人正贴着店门，手搭额头，透着厚厚的玻璃往里看。比起橱窗，她似乎对书店里面更好奇。她身材修长，长相姣好，一顶皮草软帽贴着左耳，斜斜地扣在头上。在这个阳光明媚的温暖秋日，吕西安猜想这个看上去还相当年轻的女人在对什么感到好奇。也许她正打算去山区做一次远行、短足？她应该在35岁左右，给人一种柔弱、感性的感觉，立刻就吸引了吕西安。她的肤色让他想起罗拉。他微微抬手，仿佛在招呼一个老相识，示意这里很可靠。陪伴这个女子的男人看上去比她年长10岁左右，发际线很高，两鬓稀疏，衣着考究，内行地来到诗歌书架前，对古老版本和初版图书显然很熟悉。他从书架上抽出几本书，列举其优点，并轻声向身边的女伴一一作点评。吕西安竖起耳朵悄悄偷听，那漂亮的褐发女子似乎有个绰号叫"苍蝇"。他觉得很滑稽，竟然可以这样称呼自己的心上人。他不想打搅他们边走边学边购物，那也许是一种感情上的示好卖弄。他自己去书店时就不喜欢别人问他找什么，那是警察才问的问题。当然是找书啦！那是纷杂喧闹世界中最美妙的时刻。

不过，20分钟后，他们说话的时间越来越长，吕西安猜测到这对夫妇显然想要某样他们做不了主的东西。

"老板正在打电话，不会打很久。你们需要我去通报一声吗？"吕西安关切地问，并再次表示歉意。

"麻烦您了。我们是努什和保尔·艾吕雅，是莫尼推荐我们来的。"

下午6点左右，梅森飘飘然独自从办公室出来，一脸兴奋的样子，双眼放光，仿佛刚打了一场胜仗。他不由自主地搓着双手，说艾吕雅夫妇回巴黎另一头的18区去拿行李了，将在戒严前回到这里。吕西安必须发誓替这两位珍贵客人的名字保密。他得知诗人和他的缪斯遇到危难，请求借住此地，梅森夫妇立刻就同意了。保尔·艾吕雅上月初刚出版了一本32页的诗集，由握笔之手出版社出版，书名为《诗与1942的真相》。这本薄薄的册子开始引起反响，尤其是BBC为它做宣传之后，几乎每天能在它的节目里听到一首题为《自由》的诗歌片段。

最近一段时间，法国警察加强了在小教堂街诗人住所附近的巡逻，向周围邻居打听他的情况，毫不掩饰地流露出他们的惩罚意图。盖世太保不久也将插手此事。没必要铤而走险，艾吕雅和努什决定立刻隐姓埋名，不浪费任何时间。他们先是去找莫尼，但莫尼在旺夫街已自身难保，如果大家共享他的陋室，情况会更加糟糕，头疼之际他突然想起可以把他们介绍到这里来。爱德华·梅森为自己有这样的好名声激动万分。密谋的气氛和冒险的刺激让他极为兴奋。他最近才从收到的杂志里偶然读过艾吕雅的几首诗，但本能地比任何人都能感受到诗人的伟大和魅力。吕西安陪老板阅读了不到两小时，就注意到他说起《痛苦之都》的作者时，就如谈论一位下凡度假的半人半神。要是完全听凭直觉，吕西安甚至会怀疑爱德华·梅森正在坠入情网，因为此时此刻，他仿佛看见老板突然热情奔放，其动力似乎积聚已久。总之，从这天起，在老板心里，图尔农街最重要的事就是他的"殿下"将住在这里。

爱德华·梅森突然很少露面，常常拒绝各种请求和约会，不加解释地把日常事务扔给吕西安去管理，生意好不好也不管，似乎对眼前的利益失去了兴趣。他被那些捕食者的贪婪和不法交易败坏了胃口，也许想悄悄远离法国书业。从那以后，他披上黑大衣，戴着鸭舌帽，穿着金色拉链的英国皮鞋，不管天气如何，到处造访，从早到晚跟着艾吕雅在巴黎来来去去。事实上，两个男人几乎形影不离，自从他们相遇的那一刻，便不分白天黑夜地谈个没完。傍晚，首都街上的风实在太冷，他们便匆匆回到图尔农街7楼的公寓，女人们在暖暖的家里等着他们带来消息。努什和奥黛特喝着茶，用长针装订子夜出版社出版的地下刊物。男人们则分享着走私来的烧酒和雪茄，打发时间。两对夫妇可以这样在楼上待上好几天，不用出来呼吸新鲜空气，甚至都懒得下楼到店里跟吕西安打招呼。

12月初，4个人一拍脑袋就消失了整整两个星期，没有通知任何人。吕西安后来才知道他们去了勃艮第的韦兹莱，到一些收藏家朋友家里度假去了。他感觉被抛弃了，只好自己管自己。维持书店的正常营业他并不担心，甚至还感到些许乐趣，但爱德华·梅森曾答应动用社会关系，却什么也没做。时间越来越紧迫。9月4日，拉瓦尔政府颁布征募令，凡18至50岁男性、21至35岁单身女性都必须入伍。这不再是个简单的行政手续，也不是去6区市政厅例行登个记便完事，如同他的老板1938年以来一直替他所做的那样。现在，吕西安指望老板能用他的职业信誉及广泛的客户群的影响力，出面周旋，让他得到缓期或永久免服兵役。对他、对罗拉、对莫尼和对松松，那都将是个奇迹。因此，只要有机会，吕西安便固执地跟老板说道理，但高高在上的梅森对此毫无反应。

毫无疑问，莫尼揭示了问题所在，并在无意中提供了解决办法。保尔·艾吕雅表现得相当慷慨，借圣诞节之际，送给莫尼一份漂亮的手稿——《无用者之对话》，那是他青年时代创作的文集，以感谢莫尼将他引荐给梅森。莫尼自然把这件宝贝托付给吕西安，请他转让给只有他知道是谁的那位客户，那人其实就是梅森。圈子回到了原点，吕西安手中终于有了筹码。他并不满足于炫耀这件值钱的宝贝，也不求对将来的交易守口如瓶，只要他老板没有兑现承诺，没有拿起电话听筒当着他的面打几个有说服力的电话，他就拒绝完成交易。老板并不吃撒泼打滚这一套，指出吕西安这样做会付出代价。不过，爱德华·梅森最终还是在1943年1月4日那天上午联系了一位偶尔上门的客户，一个喜欢收藏旧书，尤其醉心收集17世纪园艺方面书籍的35岁高级官员,叫艾马努埃尔·德塞萨尔,皮埃尔·拉瓦尔的特别顾问。他与维希方面通了几个电话后,说法国政府打算在2月份颁布关于去德国境内强制服役劳动两年的相关条例,直接涉及1920年、1921年和1922年出生的人。尽管这位技术官员有心帮忙,但他表示过了今年6月,他不能保证还能得到任何缓期,最好还是到那时再找合法的机会。至于罗拉,女性征募目前还停留于计划层面,所以她可放心。

吕西安常常自怜年轻人的命运,主要是他自己的命运,因此深陷忧虑之中。他生于艰难家庭,现在马上要被法西斯强行征兵,他自寻烦恼地认为自己是双重厄运的受害者。他特别喜欢向莫尼倾诉,觉得莫尼能听得懂,是唯一能从一堆好话中捕捉到异常的人。莫尼知道执念是怎么回事,一年来,他研究了它的每一个部件,对速度节点、缓速、超速运转了然于心。他有过教训,所以知道,这轰轰的马达声时间一久就会变成一曲催眠的副歌,一种只愿宅在家中的可怕感觉。自打卖掉手稿之后,莫尼重新打起精神,弄了一套名字为"阿尔芒·西尔韦斯特"的身份证件,当然比上一次的假身份证质量要好得多。自愿在"坟墓"中沉睡了几个月后,他重新在阳光下冒险上街，推开咖啡馆的门，出现在书报亭，有时还在波莱特的陪伴下坐地铁。他恢复了健康，证明是他对吕西安的纠结不再那么感同身受，从此不想听到吕西安不断唉声叹气。有一天，他终于忍不住发作了。

"吕西安，我要告诉你，商人就跟孩子一样，他们哭泣，但是会长大。"莫尼直接开火了，"你知道吧，我碰见了你的神秘主顾，那位亲爱的老朋友梅森先生。顺便说一下，我叫西尔韦斯特，这应该感谢他。是的，手绢般大的小圈子，一切总归会原形毕露。我不是要找碴，同志，但让我告诉你，你在这次中间买卖中的表现就像以前一样，你的秘密最后只能骗你自己。你一天到晚抱怨事务繁杂，却从不去做什么。本质上你顺从这些肮脏勾当，甚至都不敢承认自己从中得到好处。自从苏联人宣布参战，我见你就惶惶不安，仿佛正在打造自己的坟墓。你有什么可失去的，一罐土那么一丁点的舒适？如果确实像你怀疑的那样，你被跟踪了，你不觉得警察早就把你从坟墓中抓走了？吕西安，真相是你每天都在找理由什么都不做，哪里都不去，尽可能少冒风险。当然，这些都是革命者的理由，因为你自认为是共产党人。可这也是谎言，最美的谎言总是用来为自己服务。看看你周边吧，你的老板也许没有你那么激进的思想，但至少他为此找到了解决问题的办法。你得醒醒了，小伙子，要快。形势正在急剧变化，你已经20岁，吕西安。德国人正到处抓壮丁以维持战争，你得不到更久的延缓期的。现实情况是，再过几个月，你就必须做出决定，而到目前为止你还一直在逃避。这个问题我考虑了很久，我想，面对重大选择，你应该作为一个自由人去思考，而不该认为自己是个流放者，是被判了无期徒刑的人。"

吕西安不明白莫尼为什么这么严肃。莫尼从沙发里站起身，在书桌上的一大堆纸张中翻了一会，拿了两份剪报递给吕西安。文章上方的空白处有手写的按语，吕西安认出是他爷爷的手迹，心一下子提了起来。

《无政府主义报》摘录，1924年1月12日，星期六

他们朝工人们开枪了

我们今天因愤怒、震惊和恶心而颤抖。有工人兄弟刚刚倒在了枪弹下，就在被野蛮军人占领的圣殿内。两位同志牺牲了，第三位还在圣路易医院抢救。这就是"革命家们"的杰作，他们首先让无产阶级的鲜血洒在

了巴黎的土地上。如在喀琅施塔得①一样，他们甚至对革命者开枪，近距离开枪。特兰上尉在讲台上指挥了这一连串致命枪击，显然是想起了他在战场上的才能。他这是在为以后的杀戮预演，这将让独裁者在大众的不幸和痛苦之上，在对反抗者杀戮的基础上掌握权力。在格朗热欧贝尔大街的罪犯与我们之间，从此横亘了一条血流之河。我们永远都不会忘记，并将采取行动。

集会开始之前

昨天晚上，法共本来要在格朗热欧贝尔大街举行一场大型集会。几天前集会的正式通知在《无政府主义报》上一刊登，工会成员就表示，一个政党，竟然在工会的场地对工会运动指手画脚，这太无礼自负了。所以，人们有点担心场面会出现混乱。大厅里很快就人满为患，人们立即意识到这些观众并非群众集会时的普通观众，那种场合的公众来自各个派别，但为了同一诉求而聚到一起。而现在参与者正在形成对立，分为工会阵营和共产党阵营。一开始，大厅里就满是《人道报》的"快讯"和宣传册。共产党出动了大批队伍，大量党

---

① 喀琅施塔得，俄罗斯重要的军港，1921年发生反政府叛乱，遭镇压，双方死伤惨烈。

员、政府机构的工作人员、各部门领导人、体育团体、郊区人员等都被动员起来，准备战斗。工会这边，都是以业余身份参会，没有任何协调方式，也没有任何准备，打算像普通的信徒一样来捍卫自己的理念。可惜，良好的意愿面对铅一样的现实是不够的。

意外事件的发生和最初时刻

突然，气氛紧张起来。有人高喊："工会运动万岁！"要知道，在一座用工会会费建造的房子里，这简直是亵渎。因为政治家引发了骚动，布杜同志挨了一顿乱拳。工会会员们围拢在他身边，组织对抗。核心圈很快扩大，形势相对平静下来。马塞尔·卡班，一个极端的好战分子，大胆地登上了主席台。这个职业政客当然不是工会成员，却妄想在工会之家卖弄自己。迎接他的是喝倒彩，当然也有掌声。会场又骚动起来，工会成员所在的角落再次受到猛烈攻击。布杜跳到一张破椅子上，徒劳地挥动双手，试图平息争斗，也许他已经预感到即将发生不幸。他在短暂平静后，满腔怒火，眼含热泪，劝告工会成员不要继续对峙。政客们失去了控制，这样的对峙很有可能会流血。但是徒劳！

上尉出现，终酿悲剧

特兰中尉在讲台上代替了卡班。他的出现引起一阵嘘声和愤怒的抗议。这个粗野的军人显得十分恼怒，粗暴的动作取代了斥骂。他举起双臂，疯狂地在空中舞动，仿佛在发号施令。他向他狂热的队伍指着工会会员所在的那个角落，后者一直坚守立场，捍卫工会运动。新的冲突爆发，时钟指在21点45分。砰，砰，砰！争斗不再靠拳打脚踢，手枪加入了战斗。20、25、30颗子弹，那些可怜虫打光了子弹。三位同志倒了下去，腹部和头部受了重伤。我们不幸的布杜被一颗子弹擦破了脸。

发自前方记者

《无政府主义报》摘录，1924年1月18日，星期五

尼古拉·德拉克鲁瓦

我们的朋友，工会成员尼古拉·德拉克鲁瓦之死，遭到了无耻的污蔑。对此，我要对刽子手们予以坚决的驳斥，他们今天竟然毫无廉耻地声称自己对受害者深怀友谊。尼古拉·德拉克鲁瓦是我的一位好伙伴。我们一同在雷诺公司工作了好长时间,住在同一个街区,早晚一起上下班,中午一起吃午饭。我可以肯定,尼古拉·德拉克鲁瓦不喜欢政治,尤其是最近一段时间,一些政治阴谋让他深恶痛绝。在雷诺工厂,我们的德拉克鲁瓦同志参与了无政府主义者所有的抗争,特别是反工资税的斗争。他被当作领头者而被公司开除,而公司的档案为他以后重找工作造成诸多不公。最近,迪赛利耶公司的罢工还让他丢了职位。我和德拉克鲁瓦一样也看《人道报》,这又能说明什么?以这么一点微不足道的证据就想偷尸体来伪造活人的观点?你们给他的家属付了多少钱来夺取他的遗物?在这背后,都是政治阴谋。尽管你们施了压给了钱,阴险叫嚷,采取贿赂手段,你们无权索要死于你们这个狂热小团体的受害者的尸体,更别说加以利用。

赖特,冶金第11组

2
身　份

身份证

姓：德拉克鲁瓦

名：吕西安，让，加斯东

职业：书店学徒

出生日期：1922年7月23日

出生地：巴黎，4区

住址：图尔农街22号，巴黎，6区

省份：塞纳省

体貌特征

身高：1.75米

头发：栗色

眼睛：蓝色

鼻子：鼻梁直，鼻尖略翘

体积：—

脸型：鹅蛋形

肤色：浅色斑点

特别体征：无

吕西安仔细查看崭新的米色仿羊皮纸上他迷宫般的指纹。在他孩子气的签名边上，第一个正式签名的是他老板，作为证人，从现在起法国法律如此要求。下方可见红印盖的"1943年3月5日"和警察局的印章。这是4小时前他刚从第6区警察局拿到的一本货真价实的证件。他接过莫尼递给他的身份证，一项项细看，进行比较。看着莫尼的这本证件，他不得不承认，梅森和"鼹鼠"的关系网活干得十分漂亮。身份当然是假的，但证件看上去很逼真，吕西安对自己的证件的感觉却完全相反。他一阵伤感，感觉肌肉酸痛、浑身乏力，就如战场上死里逃生的人，细数身上的伤口，评估受伤程度。他扫了一眼圣叙尔皮斯广场与卡奈特街交界处梅里咖啡馆二楼空空的大厅，深深吸了口气，猛掐自己的大腿，直至掐出血来，给自己鼓劲。上次事件败露以来，他还未见过莫尼。他很害怕提及一周前根本无法想象的那些问题。喝了一口令人讨厌的烤大麦茶后，莫尼彻底证实了吕西安的担忧。

1924年1月11至12日夜间，格朗热欧贝尔大街的双重屠杀之后没多久，法共一名代表来家里叫醒泰奥迪勒·德拉克鲁瓦，带来他儿子的死讯。他以全法共产主义运动的名义，恳求泰奥迪勒接受一场交易。法共不能独自承担这起流血事件的责任，在这短暂的历史中它第一次遭遇这样的事，这关系到无产阶级在国际社会中的形象。他只要求换一下尸体小脚趾上的标签，并强调说，事关重大，没有其他更好的办法，《人道报》会负责一切，法共将出面组织一场隆重的葬礼。他相信，一个默默无闻的25岁冶金工人，平时又不合群，很快就会被人淡忘，战士们只会记得一个各方面都堪作楷模的传说。作为交换条件，死者留下的孤儿将由他们赡养到15岁，免费享受巴黎市中心的一套二居室，进最好的学校就读，每季度还有一份超过通胀指数的补助，汇到孩子母亲（遗孀）的账户，而后者并没有反对。

据莫尼说，爷爷喝酒喝得厉害，经常东倒西歪，却永远不会找不到北。他锱铢必较，毫无廉耻地用儿子的遗骸讨价还价，一直谈到黎明天空泛白。众所周知，法共的积极分子早已渗透圣旺的市镇议会和行政委员会。

泰奥迪勒得到许诺，他将在比昂市场得到一家有古董经营执照的店铺。他心动了，那是他一生的梦想。莫尼回忆道。

"很少有货真价实的死者，"哈姆雷特王子说，"墓地里多的是冒牌货，我们的脑袋里也充满幽灵。"

第二天早上，吕西安得到准许，去黎塞留街的国家图书馆，向管理员借阅馆藏的1924年1月11日到20日的《人道报》和《无政府主义报》。他并排铺开泛黄的报纸，对照阅读两份报纸有关这次事件的二十来篇文章，在本子上做了许多笔记和示意图。从争议的本质、充满敌意的影射和义正词严的辟谣来看，这些报纸对真相的篡改昭然若揭。吕西安想起古埃及的防腐大师，他们在尸体像蟹肉一样腐烂之前，在上面开些小洞，掏出内脏和脑浆。对于当代木乃伊来说，出于预防需要，同样要切除记忆。第二次处死：用新的防腐措施对付新型腐烂。谎言量身定制，手绘上色，如玻璃假眼珠一样逼真。

经过两小时的查阅，再重读自己的笔记，吕西安对父亲的记忆只剩下遥远的感觉，如一声叹息，如梦中的一个动作，转瞬即逝。他的故事只留下一层破旧的法兰绒衬里为生者所利用。吕西安想到母亲，她应该已经从冶金第11组的赖特那里知道凶手的名字或认识凶手。可这又有什么用?

"真相必叫你们得以自由。"他一直以为这句话出自卡尔·马克思,后来才知道是圣约翰说的。在吕西安眼里,不管来自宗教抑或政治,真相尤其体现在暴力中。这不单是指影响他们家庭关系的那个极反常的做法,也是一种彻底的阉割。当然,作为儿子和孙子,吕西安认为自己被出卖了。他尤其记得11岁生日那天,母亲第一次把他带到一家高级餐馆犒劳他,一定要为他被亨利四世中学录取隆重庆贺一番,还送他一块手表作为奖励。现在,所有的回忆都变味了,受贿的嫌疑玷污了每一个细节。然而,吕西安并不仅仅把自己看作这场谎言的受害者,而是谎言得以蔓延的一个载体。想到自己曾吹嘘自己的出身,尤其是在罗拉面前,吕西安羞愧难当。在时间流逝的过程中,他裹在那份遗产中,只从中获取舒适与享受:他可以什么也不做,什么也不去尝试。

"真相必叫你们得以自由。"但要跨出这一步,奴隶首先得冲入斗牛场。吕西安感到很孤单,不知所措。他转向往事,还想弄清哪些东西是纯粹伪造的。他多么渴望向杰夫倾诉,听从他的建议啊!他想念杰夫,回想起与杰夫和罗拉一起度过的那些夜晚。那是在两年前,杰夫从德国逃回来没多久。吕西安今天第一次感到羡慕，只需听他们两位讲，一位讲原子，另一位讲战斗，就知道他们没有选错道路。

在真相演变成为被监视的自由时，如果它未被当权者完全篡改，诗歌便成了很多人的救命稻草和语言。在悲剧中，对于像我们这样保持理性的人来说，诗可以让我们进行各种类比和改变，展望光明的前景，也可以突然改变方向。诗很容易被记住，因警句格言让人过目难忘，但它也可以故意弄得模棱两可。诗能让人长时间地感受到它的音响效果，可以被轻松地阅读，最好是站着，就如早晨在咖啡馆喝一杯浓缩咖啡，匆忙而谨慎地一小口一小口地喝，一行一行地读，免得烫坏舌头和嘴。在这种时候，听者可以慢慢进入文本深处。诗可以起到清洗和照明的作用。烧酒越烈、越凶、越难喝，对读者五脏六腑的清洗作用越大，还能驱散风景中的迷雾，无论室内的还是室外的。

吕西安是在买卖兰波的诗集中记住这些的。迄今整整5年，他利用零星时间阅读诗歌，就像在做呼吸练习，强迫自己要有仪式感。他将诗歌的生理和环境维度融入他健康生活的原则。他在奴隶般的生活条件下，从诗歌中找到了一种愉快的消遣，能治疗他脆弱和过度敏感的情感。不过，在1943年的初春，他对诗歌从未如此狂热。自身有太多的弱点和特长，吕西安远没有想到他所感受到的痛苦已经成为这个时代的印记。

尽管受到严格限制，出版商在纸张分配过程中遇到无数困难，但是法国从未印制过这么多的诗集。薄薄的刊物借助摩托化的邮政传递，到处播撒花粉。单是这些杂志，就在整个法国，从最偏远的乡村到海外殖民地，孕育了一代人。到处冒出作者、读者和种种从事文字交易的人，一个简单的隐喻就能让他们随时准备抛弃一切。《合流》或《源泉》的出版，对于在巴黎、阿尔及尔、河内忍饥挨饿的人民来说，就像每月一次的胜利。杂志迅速在人们手中传递，被默记在心，仿佛就是每个月的胜利捷报。几天不到，那些小册子就只剩骨架，被啃光了肉，写满了希望之歌，黑乎乎的就如蚂蚁发起进攻。对真相的渴求处处被限制，只能追求令人炫目的语言。

这种现象于1943年四五月间伽利马出版社出版《法兰西宗教诗集》时达到顶点。出版者所选诗歌的质量引起了评论界极大热情，很快就吸引了公众。大家对这类比较专业的书籍如此充满热情，有些让人不敢相信。现代印刷出版社几周内不得不加印三次，以满足谁也不曾料到的巨大需求。吕西安不经常去圣米歇尔大街上的吉贝尔书店，也不怎么去销售新书的书店。自从爱德华·梅森很少来中间体后，他就没有时间外出。但他在岗位上能感受到诗集的巨大带动效应。突然之间，许多人来找书。从3月底开始，罗贝尔·德斯诺斯是第一个对此表示极大兴趣的人。有天早上，这个邻居登门拜访，手里拿着一张单子：路易·德马叙尔、雅克·格雷万、皮埃尔·莫丹、克洛德·马勒维尔、让-奥吉耶·德贡博、纪尧姆·德布雷伯夫、洛朗·德兰古尔……还有很多。都是些二流书，蹩脚货，一些哀叹痛苦、满是苦味的书。吕西安匆匆浏览了一下，觉得这些书太可怕了。他相信德斯诺斯曾是异教徒，并没有感到太惊讶。以后几天，类似的需求源源不断涌向店里。面对精神领域全面退化的表达方式，吕西安从困惑变成怀疑，他不得不承认这种迷信与当下的民族诗歌有着共同缺陷，而这种诗正是爱德华·梅森两年来所迷恋的：在共同寻求激情的背后，军队与教会在长期联手。但面对一个极不公正的世界，真正的诗歌并没有躲藏于神秘主义背后，而会转向异端邪说。每个周末，吕西安都会进行盘点。在他看来，毫无疑问，最杰出的灵魂也变得疯狂了。

然而到了5月中旬，诗歌爱好者并不是唯一呈现疲态的人，也不是唯一让吕西安焦虑的人。罗拉的丝巾无缘无故地继续消失，尤其是松松，表现出严重的身份认同危机，刚才还在莫名其妙地大叫。开春以来，这只小兔子表现出一系列被称为紧张综合征的症状：它老是张着嘴，口水乱滴；皮肤上出现一块块瘀青，皮毛变成了奇怪的天青色，就如威廉·布莱克①笔下天使身上的羽毛的那种颜色。而且，它令人不安地交替出现病态的跪拜动作和周期性的僵直。在一秒钟内，它可以从完全的嗜睡状态变得像华尔街股票交易员那样兴奋，几秒钟后又陷入更严重的麻木状态。这种溜溜球似的来回折腾让它坐立不安，渐渐对茴香菜失去兴趣。看到它又一次用脑袋拼命往踢脚板上撞，真是令人心碎，仿佛一个受尽折磨的人想自我遗忘几小时。

面对小动物的悲惨状况，吕西安没有袖手旁观。他去了趟乡下，从圣旺跳蚤市场买来十来米的门贴条、长条海绵和褪了色的旧帆布，花大价钱把墙壁的踢脚线和房门下端用上述材料包起来。他担心松松真的会撞破脑袋，可不能让它雪白的皮毛沾上血迹。晚上，他把兔子

---

① 威廉·布莱克（1757—1827），英国浪漫主义诗人，英国文学史上最重要的伟大诗人之一。

抱在怀里摇晃，尽可能安抚它，平息它的怒火。他轻轻抚摸它，凑到它耳边说话，轻揉它的腹部，希望减缓它的痛苦。很显然，松松是因为缺乏性生活和闭门不出而痛苦。但它继续做出古怪的举动，现在不是撞踢脚板，而是撞吕西安的床脚。吕西安心想，这小东西是不是要以死抗争啊？

兔子会引起人们的食欲吗？吕西安和恋人就此展开争论。那是1943年5月21日晚上，他们回到家里时，发现松松不见了，佣人房房门洞开。吕西安不相信它已经离家出走，认为是邻居干的。在罗拉的陪伴下，他把佣人住的那层楼问了个遍，后来扩展到整幢大楼。他们挨家挨户打听兔子的下落、求助，但毫无结果。他们想了想，认为松松被人偷去当作食物的思路让他们误入歧途。松松已经6岁，肉已经老得咬不动了，而且不管怎样，它连皮带毛也只有两斤半。第二天早上，吕西安趁梅森在书店，赶紧到街上去寻找，找了很大一圈，包括圣日耳曼大街和孚日拉街之间的区域，以及另一侧圣米歇尔大街与波拿巴大街之间的地方。他察看车辆能够进出的大门，钻进人家的院子和储藏室碰运气，询问公寓看门人、附近商家甚至参议院门前德国空军的哨兵。他低头行走，眼睛盯着地面，尤其注意察看行车道。尽管车辆稀少，他还是担心随时会看到路面上一堆被压扁的白色皮毛。他在附近杂货店张贴寻物启事，详细描述小兔子的模样，留下自己的联系方式，允诺酬金，接着又去了梅奇埃街的警察局，却被当成傻瓜打发出来。缓过神后，他又拐到14区的卡巴尼斯街，找第二清洁管理站，可这是个星期六，他自然吃了个闭门羹。

不过吕西安的努力很快见效了。5月24日，星期一傍晚，一个消息像一根点燃的麻线在街区传开：有团白色的东西昨晚在卢森堡公园的铁栅栏后面伸展四肢，就在孚日拉路的尽头，靠近吉内梅宫。消息听上去很可靠，且得到多个目击者证实。一出闹剧，也是悲剧，因为松松叛逃到敌营里去了。

1943年的这个春天，卢森堡公园不再有1940年夏天的那种伊甸园风景，远远没有，甚至对一只兔子来说也这样。大部分区域已禁止公众入内，占领军军乐队无处不在，更让其他人难以涉足此间。德军把原来的玛丽·德美第奇官邸的北面部分据为己有。要知道，那宽阔的草坪就处于官邸正面与中央水池的轴线上。德国兵在那里操练，进行田径训练和集体体育活动，主要是踢足球。后来，德军又渐渐侵占了相邻的道路，并向西扩展，蚕食了靠近吉内梅街一侧属于"巴黎人"的那一部分。传说，1941年4月，一名法国技术官员，与上级关系微妙的某办公室主任，提出在那里开辟一块菜园。那人叫艾马努埃尔·德塞萨尔。他不顾当时政府首脑的反对，巧施妙计，想实现自己的旧梦。他向德国人详细解释自己的计划，没费什么劲就说服了他们：年底，占领军在离参议院几米的地方种下了第一茬甘蓝菜，后来又增加了多个品种的蔬菜。

从此，艾马努埃尔·德塞萨尔只需夸耀自己之前所做的事，便可做一个孩子的教父。到了春天，他推动了两项立法，允许参议院雇员以维希政府制定企业集体种植办法的名义，独自使用一个4300平方米的菜园子。1943年初，恼怒的德国人在吉内梅宫旁边，按防弹要求设计了一个建筑。这不是一个简单的露天食品储藏库，而是一个巨大的食品保险柜，是纳粹罪恶的纪念碑，由十来个全副武装的士兵日夜把守。这宝贝周边由重兵把守的区域约有半公顷，相对于整个花园的23公顷虽然只占约五十分之一，却是实实在在的噩梦，因为松松选择了这个区域。

尽管戒严了，吕西安还是坚持要在夜里尽快行动，像突击队那样。罗拉却强调要理性，她用各种理由，努力说服情人不要冲动，否则会有生命危险。吕西安一心想逞英雄，最后决定独自去冒险。当天晚上，他穿上一套十分合身的深色破衣服，戴着一副丝质旧手套和一顶黑色皮帽子，脱下鞋子，避免发出脚步声，掏出藏在口袋里的带鱼钩的坠铅钓鱼线，没有深思熟虑的计划，靠近花园时，差点被一阵毫无警告的枪击打成筛子。他本能地趴下，缩成一团，滚在一堵墙后，听见子弹穿过栅栏，从他头顶几厘米处呼啸而过，随后感觉有玻璃在夜空中爆裂。恢复寂静后，他匍匐到弗勒吕街，躲在2号夹层的一块丝绒窗帘后面，就在某个叫保尔·瓦莱的人家门前，一直躲到天亮才悄悄地站起来，手脚发麻。

沿昨晚的原路返回时发现的情景，让他痛苦了许久。松松就站在栅栏后，离防空掩体几米处，独自站在一群松鼠中。在黎明的薄雾中，它看上去很快活，口鼻干净，目光警觉，皮毛发亮，身体健康，似乎正在等待知音。吕西安朝它招招手，央求它回家，但不能喊出声，他闭着嘴，紧握双手。20厘米高的松松从头到脚打量了他很久，不慌不忙地掂量着他的请求，然后转过身去，背对着他，俏皮地离开，去讨好德国人了。

3
回归大地

1943年6月初,莱昂在收到入伍的命令时,视之为个人耻辱。他用尽手段,声称自己认识海尔曼·戈林的许多亲信,这个巴黎最有影响力、最活跃的捐客,仍没能摆脱绍克尔①的征募,也没能从任何人那儿得到一小段时间的缓期。这个像孔雀一样爱慕虚荣的学徒,把此事怪罪于老板,立刻怀疑老板就是他受辱的源头。他将在强制性劳动服务处工作两年。他到处奔波,想免除苦役,用完了所有的人脉,现在不得不收工打烊,放弃学徒身份。这倒无所谓,最主要的是他不得不完全放弃商业上的特权。他预料到自己会正式破产,经济上一落千丈。

---

① 弗里茨·绍克尔(1894—1946),纳粹德国领导人,先后担任图林根地区长官、全德意志劳动力调配全权总代表,纽伦堡审判中12名被判处死刑的战犯之一。

总之，对他这样一个趾高气扬的人来说，这比被判了死刑还难受。出发去德国的日子定在圣灵节不久后的6月17日，莱昂必须先去北站与被征的新兵队伍汇合，耐心等上半天，登记番号，找到自己的位置，最后登上一辆开往柏林的拥挤火车。行程预计要两天两夜多，一条通向未知的可怕隧道，尽头是一本等着他的德国护照。他真的不敢相信，旅行文件上用很小的字明确了他的最终岗位：到帝国首都西北部斯潘多的一家工厂当劳工。斯潘多？体检回来后，莱昂弄来一张地图，想弄清那个地方。有那么两三天，他无耻地把自己挨打的情况告诉了别人，后来才想起自己曾经是个名声显赫的勇士。

21岁时，莱昂就已经是拍卖大厅的王者，拍卖季的大佬，具备一个老道蹩脚的喜剧演员的所有特点。他善于大肆渲染，唤起人们的惋惜之情。接下来的时间，他决定导演一场盛大的告别演出。他像个知名演员，兜售最后的表演，到处露面：早上经常是在书店，晚上在小酒馆，当然不能忘了在特鲁奥拍卖行后台多次刻意出现。他即兴演讲，说一两件真实的往事，抛出几件骇人听闻的事来满足公众的期待。他向长者和女士致意，收获别人对他的崇拜；他对谁都送花束和花盆，干杯时注意不遗漏任何人。他就这样继续摆阔，出于习惯，继续以舞台主角的样子迷惑众人,似乎一点都没有受到打击。他那种让人讨厌的狂妄自大也未见收敛:如果听他说话,听众甚至可以从他的自我吹捧中,听出一丝典型的尼禄式的暴虐口吻,这也许正好反映他在努力打消别人的怀疑。自最近遭遇行政上的挫折后,他觉得最好不要再动辄诅咒未来。但实际上,他好像从未在任何场合怀疑自己的运气,仍保留着喜欢当面讽刺别人的恶习,变本加厉地攻击他人。

那个狂热分子动身去德国的前夜,其优越感让吕西安非常愤怒。的确,莱昂曾狂妄到以为他可以在图尔农街当着吕西安的面卖弄,更过分的是,他还向梅森提交了求职申请。莱昂毫无顾忌,在德国人那里工作一段时间后,回来抢吕西安的饭碗。两人一开始就对骂,最后演变成拳脚相加。爱德华·梅森不得不用自己的身体挡在他们之间。确实,莱昂一到店里就口出恶言,假装吃惊地对巴黎的这位同行打招呼,讽刺说他以为从"换防"开始,吕西安就已经在德国了。脏话不断,调门也越来越高,莱昂骂吕西安"走后门""私生子",是"拍马屁的小人";吕西安回敬说他根本不在乎一个"自愿流放者"的疯言疯语。无须多说,这句话直中要害。

"'私生子',噢,不,多么无耻的癞蛤蟆!"争吵结束后，吕西安向老板抱怨道。

"暴力无论出现在哪里，都是失败的标志。我在想，就你这种情况，到德国待上一段日子是不是也挺合适。"爱德华·梅森总结道，想故意惹惹吕西安。

吕西安心里很清楚，他已经神奇地延迟了一次服役，不会再有第二次了：出发日期被推迟到1943年9月15日。随着时间的流逝，他想得更清楚了——他不去德国！无论如何，他不愿憋屈地活着。他拒绝任人宰割，与莱昂同流合污。他决定抗争到底，坚决不放弃自由，不放弃作为人的尊严，拒绝以任何方式为纳粹的战争出力。他感觉已准备好参加抵抗组织，一旦找到武器，便拿起来投入战斗。总之，要在历史中扮演起武力抗争的角色。很遗憾，他已经没有机会加入法兰西公学院的夜间巡逻队，因为自从盟军登陆北非后，德国人加强了这一建筑周边的防卫。

吕西安还不清楚该如何行动，但他等到秋季，便毅然消失在浓雾中。总之，每当想到这个问题，他便自问松松的叛逃是不是一种启示。它在及时提醒他，一个男人在人生的关键几步要走好，尤其要把罗拉拉回到身边。如果再让她失望，那就真的该受诅咒了。罗拉，怎么说呢？

一切都要感谢她,梦想、身体、透过织物的空气和光芒,就像苏族①人受恩于他们伟大的神:他觉得她有一种不容置疑的神奇本领,打个响指就能驱赶旧日的月亮,让山峰转向,扫平一切障碍。她总是不断颠覆和创新日常生活,然后以自己的方式重构智慧的语言。她创造新词,创造魔法,创造一些亲昵的称呼,只属于他们和他们的爱情。她的词汇带着芬芳和甜蜜,有时也会给你背后一刀,语气中带有小小的阴谋。

　　罗拉在任何方面都让吕西安惊讶:只需看着她如何生活,如何完善和落实自己的想法。她的点子总是很多,尽管有时要让人求她。她伪造了吕西安在法兰西公学院核化学技术交流大会的注册资料,为他争取到了最后一次延期。大师手笔!她还用秘书处的真印章盖了一个大印。高明的办法,完美的行动,就像她曾用计谋让松松乖乖地回到家里:在塞纳-布西市场买了一只母兔。一个很简单的办法,但只有罗拉想得出来。总之她能想到吕西安想不到的事。

　　吕西安经常想起美国的那对男女大盗,他在1934年春天一直追看他们的传奇,那时他只有12岁,但邦

---

① 北美印第安人的一个部族。

尼·帕克和克莱德·巴罗的故事中巧妙结合的文学性、浪漫主义与冷血谋杀,深深地打动了他。当然,那家伙杀了警察,但吕西安从小就对他表示同情,很想在罗拉身边扮演克莱德的角色。他们那么年轻,那么漂亮,世界绝不应该如此令人讨厌。

"以诗歌为武器。"海报很有诱惑力,邦尼的诗很动人。有时他会幻想在罗拉的陪伴下,远离人群,躲在森林边缘的小木屋里。他想象自己在野外生活,在不同的季节靠采摘野果、打猎捕鱼或袭击车队为生。他会这样胡思乱想好几个小时,把自己和他的漂亮姑娘幻想成抗德游击队员。但罗拉的一连串咳嗽不断提醒他肉体之脆弱。罗拉经常咳嗽,但她一直不放在心上。通常,只要一进实验室,她就无视自己的咳嗽和发烧。她在法兰西公学院工作那年,得了3周几乎要命的肺炎。她很有尊严地坚持每天起床,尽管头晕眼花,还是站立着,一直坚持到7月9日正式放假。

吕西安把筋疲力尽、几乎处于半昏迷状态的罗拉接回家。罗拉恶心、头痛,皮肤上到处是瘀斑和印痕,最后终于向他承认自己很担忧,并开始认真对待身上的各种症状。不过她反复强调不用过于担心,她的身体状况还未出现大问题。约里奥-居里的夫人伊莲娜也同样虚弱，45岁后，她遵循健康的饮食习惯，经常去乡村居住。

8月初，当罗拉可以拄着拐杖站起来时，吕西安在凡尔赛草坪上为她安排了一场隆重的野餐。他们无法参观已经变为要塞的城堡，但那天晴空万里，他们潜入植物的迷宫，享受喷泉，尽情享用过午餐后，手拉手躺在树荫下。罗拉看上去似乎恢复了健康，好像很高兴，很放松，晚上也不咳嗽了。

9月初，杰夫重新现身首都。看到他推开书店大门的一刹那，吕西安愣住了，然后感谢不可思议的上天在30个月的杳无音讯后，将朋友带回巴黎。杰夫让自己头上长出了头发，两颊留起了大胡子。他的样子变了，但他不同寻常的言语显得更加坦诚和直白，一句句话让吕西安感觉到他们上一次交谈仿佛就在昨天。吕西安信任地向他和盘托出目前的危急处境，说自己想战斗，想加入地下组织，并直截了当地请求大哥的帮助。杰夫谨慎地肯定了他的想法，但表明在这过程中会出现困难，坦承抵抗运动在科利乌尔地区遭到了重大挫折。他所领导的助人偷越国境的小组还将休眠好几个月，抵抗组织的秘密据点也毫无例外地停止使用了。另外，图卢兹在遭受一系列袭击后，局势也变得十分紧张，德国士兵控制了那座玫瑰之城的每一寸土地，盖世太保和亲德民兵部队一直严阵以待，并加强了检查。他需要一些时间才能为吕西安找到住处和工作，建立可靠的身份作掩护。必须在巴黎解决假身份证件问题：有了身份证，最好是德国证件，才能坐火车。吕西安发现杰夫是作战指挥官时，不禁流露出仰慕之情，保证说自己可以解决身份证件问题。

"恐怕这还不够。"杰夫一副教训人的样子。

"什么不够？"吕西安问。

"需要证明你有使用这个假身份的勇气。"杰夫说。

吕西安疑惑地看着他，想弄清楚他是不是在开玩笑。突然，一个念头掠过他的脑海，他咧着嘴，露出了灿烂的笑容。

"我本来是想一个人去的，鉴于形势紧张，你陪我一起去吧。明天下午两点半，在福布尔–圣奥诺雷大街24号见。穿得漂亮点。"

第二天下午两点半，杰夫准时来到福布尔–圣奥诺雷大街24号。看到爱马仕专卖店的橱窗时，他心想真应该听吕西安的话，穿上他的麻料西装。他没有明白，吕西安之所以那样说，是因为根据传统，人们在进入一家这样的奢侈品商店时，都要精心打扮一番。他嘲笑自己就像个游荡闲逛的乡巴佬，担心人们因此会关注吕西安。确实，在吕西安身边，他很容易被当作一个污点。杰夫真诚地欣赏着吕西安身上的大变化，从一无所有的无产者变成了富裕的资产阶级。他从中看到人是如何靠衣装的魅力改变模样的，吕西安英俊、年轻、高雅、自如，真是个理想的女婿人选。他有点惊讶，如此仪表堂堂，这个小兄弟怎么就没想到要从西装革履中获取更多的好处呢？况且吕西安把自己的角色拿捏得如此恰到好处，优雅地大声说话，带着男人的自信，似乎要在持久的独唱中保持音调不变。

　　进入店内，杰夫吃惊地发现顾客中有不少政府官员和德国士兵。他注意到吕西安事先一定踩过点，因为他走起来熟门熟路，完全无视别人眼中的危险。杰夫跟着他，保持几米的距离，目光一直没有离开过吕西安，好奇地分析他的技巧。吕西安什么都要碰一碰，并请求原谅，对商品表现出很大的兴趣。他从一个销售区到另一个销售区，优雅地穿行于售货柜台，友好地向基层员工打招呼，说几句好听的话，抱怨残酷的物资短缺。他对这个领域十分熟悉，显得从容不迫。马具、皮具、香水、钟表，吕西安花了10分钟，就带着杰夫完整地参观了一遍这家品牌店。他们从右侧绕着巨大的中央楼梯转了一圈，回到了销售丝巾的柜台。

突然，吕西安停下脚步，慢慢地观察这里的详细地形，评估从中间到外围的人流，接着径直走向一名女售货员，看着她的眼睛，说：

"我不知道她是怎么搞的，但我心爱的那位姑娘不断弄丢我送给她的方巾。我母亲认为她是把方巾落在了她的情人们那里，但我敢肯定母亲弄错了。算了，不说了。3年前我未婚妻还有一打这种马车图案和皇后棋盘格图案的方巾，现在一条都不剩了，这是不是很让人困惑，小姐？这个周末我们要去多维尔度假，我可不想让她着凉感冒。您能不能帮我们一个忙？"

吕西安一字一顿，把摩擦音发得咝咝作响，仿佛嘴里塞满了海绵。

"我很乐意效劳，先生。我给您看看我们的最新款式，由奥利维耶·迪马设计的'回归大地'，灵感来自元帅①的不朽作品。"女售货员开心地回答道。

"太棒了，我可不想错过这一款。还有别的款式推荐吗？"

吕西安就这样穿针引线，让货柜一个个打开。杰夫数

---

① 这里应该指贝当元帅。

了数,他一共看了30多条丝巾,分属5个不同的老板。

"丝巾现在如此稀缺?"吕西安有点失望地说。

"比您想象的还糟,都怪那些纳粹德国空军和他们该死的降落伞。"女售货员轻声嘟哝道,朝巨型楼梯不远处3个穿蓝色制服的身影扬扬小脸蛋。

杰夫看着吕西安在柜台间穿梭,继续说笑打诨,优雅地摸着织物,拿起一条丝巾,然后又放下,或者支使售货员拿出另一条,叠成长方形,挂在左前臂,就像人们在比较领带时那样。他征询售货员对于每一种款式的意见,告诉她罗拉的喜好,并问了一大堆有关爱马仕方巾的制作过程和染色方面的问题,总之,都是些非常专业的问题。杰夫永远也猜不到吕西安在织物方面的知识是从哪来的。吕西安最后选择了"回归大地"。售货员很满意,在一张卡片上写下老板的编号、货品的价格,递给吕西安,让他去收银台付款,同时给他准备包装盒。

杰夫刚好来得及看清那串数字,他估算了一下,这数目相当于那女子5个月的工资。对于那件被展示的真品,他很是困惑。

"你在女人面前显得很机灵,这是肯定的。不过,我想你要准备好对付一些不那么可控的危险。"走出商店时,杰夫这样说。

吕西安示意他闭嘴，然后一言不发，大步流星朝法兰西歌剧院方向走去。走了几百米，来到皇宫广场，他突然转过身，站在杰夫面前，请他替自己拿一下手中的盒子，稳住不动，以便挡住风，让自己能点着烟。吕西安把手伸到衣服里面的口袋，掏出的却不是打火机，而是一条丝巾，然后又从外面口袋里掏出第二条、第三条、第四条，它们分别藏在裤子前后的腰带里。那是杰夫在爱马仕看到过的6条马车图案丝巾中的4条。吕西安出手真是太厉害了，杰夫居然一点没有察觉。

"丝巾、兔子，就差一顶大礼帽，你的魔术师行头就齐了！好吧，我接受你了，不过要耐心，在等待过程中别惹事。我需要时间处理你的事。"

1943年9月15日，吕西安没有出现在北站，也没有出现在他工作的地方。中间体书店大门紧闭，并将这样持续好几个月。

10月24日星期天，早上6点。法国警察带着一份不按期服役的执法令，来到图尔农街22号。他们在7楼将吕西安9平方米的小屋翻了个底朝天，但一无所获。他们把搜查范围扩展到街对面的17号，爱德华·梅森的住处。3天前，奥黛特和梅森决定在努什和保尔·艾吕雅的陪伴下去洛泽尔。这两对夫妇在圣阿尔邦的博纳费医生的诊所找到了落脚处,打算远离一切,混在疯子中间,等待冬天的结束。

吕西安躲在巴黎的秘密藏身地,任由胡子疯长。他担心遭到检查,日夜闭门不出,实在憋不住才出去透口气。有时他会去阿莱西亚街罗拉的住处,更多是躲在法兰西公学院旁让-德博韦街"鼹鼠"的作坊里。晚上,罗拉从实验室下班后就去找他。他避免频繁变换住处,担心兔子的叫声会暴露他,招来对黑市的打击。所以,他像个无所事事的人来回踱步,一本书都没翻开过,也不想打开笔记本。他不知如何是好,也从未学过如何保持镇静、耐心等待,像牛一样一声不吭。

到了11月中旬,"鼹鼠"给他弄了一套假身份证件。现在只等杰夫告诉他出发日期,以便填写已经签字盖章的身份证件。吕西安现在叫"杜卡斯","吕西安·杜卡斯",塔布①人。他给自己加了3岁,自然就被免去强制劳动的义务,但无法对付大搜捕或野蛮征兵。一段时间来,对于30岁以下还未在民兵那儿报到过的男性,巴黎的气氛尤为紧张。

---

① 法国西南部城市。

吕西安还要再痛苦地忍耐15天左右。他开始体育锻炼。一天天过去，战斗临近的那种刺激感也在与日俱增。他多么渴望行动起来，拿起武器，然而，他不无担心地想到罗拉，虽然罗拉会一再强调弗雷德里克·约里奥-居里一直保护着她，但想到要将她抛下，吕西安还是感到十分难受。

12月1日，罗拉收到一封寄到法兰西公学院的信，上面写着她的名字，里面是一张火车票，12月7日，坐7点17分的火车，到图卢兹-马塔比约。罗拉坚持把她的情人送到奥斯特利茨火车站。天还未亮，她冷得浑身直打颤。吕西安把她抱在怀里，久久亲吻她，吻得她喘不过气，却仍无法减轻她的颤抖。这对情人在站台上道别，伤心欲绝，随后吕西安一头扎进车厢。

4
羊　群

"首先，得喜欢蔬菜啊！"吕西安站在书架前感到十分失望。蔬菜？他可不怎么喜欢。他通常喜欢摄入有营养的物质，尤其是在冬天。他感觉寒冷与饥饿渐渐透过毛衣，穿过皮肤，在体内乱窜。他不知道这个过渡期他还能坚持多久。在他看来，藏身之处的书籍缺少最起码的变化：《单生花园》《蔬菜植物》《乡村指南》《乡村财产手册》《田产条约》……书架上一百多本书，只有两本不涉及乡村经济，值得一看：《论数学中结构与存在之概念》和《论当前数学学科发展中的单一性》。吕西安一点不懂逻辑学，也不熟悉公理体系，甚至也不熟悉哲学专业词汇。在传统学院派的书写格式下，他反倒欣赏起书名带来的距离感和简单粗暴。他尤为高兴的是这两本书可以向他揭示作者的个性。很遗憾，书的作者没有亲自到车站来接他，而吕西安是那么迫切想见到他。

归根到底，吕西安对杰夫不怎么了解。当然，杰夫很健谈，讨论问题时充满热情，但很少谈论自己，也不提自己的工作现状。吕西安以前从未读过他的书，甚至不知道他就是这两本战前由一家著名出版社出版的书的作者。吕西安刚拿在手里的这两本书上有杰夫·戈德曼长长的亲笔题献，是献给他父亲的，日期是"1938年夏"。书是崭新的，尚未裁开，之前没有人读过，像高山顶上的积雪一样纯洁。老园丁也许感觉自己不懂儿子所操心的事，或者他更关注自己的事，吕西安无从判断是出于哪个原因。但他自己深受神经衰弱的困扰，心想不妨一读，对他没有任何坏处。

旧教堂位于丘陵地带一小块布满石头的空地上，在一条4公里长土路的尽头，两边是草地和森林。这座中世纪的建筑高500米，俯瞰着阿列日峡谷，在西边海岸的悬崖上，蜿蜒的河流和帕米耶城的风光一览无余。所以，吕西安只能在天黑时才烧壁炉，怕白天的炊烟会暴露他。早上，他所住房间的温度直线下降，到了中午才三四摄氏度。他努力适应，白天除了用床单和鸭绒被裹住自己，别无选择。他常强迫自己睡觉，尽量少动，避免自我暴露，黄昏时才起床，略作漱洗，然后将木块和树枝放到壁炉的柴架上。下午5点半到6点左右，他坐在壁炉旁，一边看书，一边吃面条、桑果酱和咸鸡蛋。他的阅读以两小时为一个时段，通常一夜有4个阅读时段。清晨，他出去呼吸几口新鲜空气，有时一直走到附近的小树林，回来吃一碗糖煮苹果后便立即上床。他用僧侣般的戒律强迫自己完成练习，一天又一天，一小时接着一小时。他深信上天的恩泽终将在某个清晨改变他单调重复的日子，永远改变。

实际上，吕西安在阅读时倒是可以自由翱翔。他没费什么劲就读完引言部分，但此后就一直在《论数学中结构与存在之概念》一书第一章的第一部分打转。"局部""全部"，吕西安努力去理解这些让他一头雾水的概念，但无法吞下微积分里那些专横僵直的公式，觉得自己就像是个婴儿，面对一锅煮沸的糨糊。当然，对代数他并非一直这么不开窍。在学会认字母之前，他就借助怀表上的阿拉伯数字，学会了数数和乘法。4岁半时，他的心算天分让母亲莱娅引以为豪，她满怀激动地讲起这事，认为这是直接遗传了他父亲的天分。母亲在朋友聚会等场合总要求儿子表演一番。孩子依言行事却很不自在，不喜欢死者的影子一直跟着他。上学时，他的理科成绩一向优秀,至少在进入亨利四世高中一年级之前如此。那一年,他的学习重心被波德莱尔的诗《残骸》打破,有了偏好的学科,弄清了他蔑视的对象。在母系语言和父系语言之间,他做出了选择,隐秘而清醒的选择,出于喜好,出于生存需要。他突然对数学失去兴趣,在他看来,他对诗歌的爱好正是这种拒绝的结果,就如一棵树侵害了另一棵树。他羡慕杰夫能像海亚姆那样可以同时喜欢诗歌和数学,而他却觉得那是一对巨大的矛盾。他又想起罗拉,想起她对攻克原子、提炼沥青铀矿、用其巨大能量造福人类充满信仰的职业热情。即便带上他对罗拉所有的爱,他也无法接受科学就在于发现世界秩序这类言论。他就是不肯相信。更糟的是,他只在这片喧哗中听出一种大规模毁灭的声音,那种来自人体的嗡嗡的死亡声。所以,在他所做的少量笔记边缘,在印有小雏菊的纸页上,他画下大块乌云,很快覆盖了一行行字,接着是整页纸。"一朵花就包含了宇宙的所有奥秘。"这句格言众所周知,但在这位年轻诗人眼里,还需要猜猜是哪朵花。

1944年1月底,鹅毛大雪落在阿列日起伏的山丘。几小时后,本堂神甫的住所就被埋在了厚厚的积雪中,通向邻居和山谷的道路全被切断,天地间一片寂静,纯粹的城里人想象不到这种寂静。吕西安跟动物世界失去了所有的联系。夜鸟停止了叫唤,狼獾停止了拱土觅食,野猪停止了交配和拱地,他的联系人也中断了定期探访。几乎5个星期,吕西安只听得见自己的心跳声和屋外积雪压断树枝的咔嚓声。他担心自己一无是处,被人遗忘,更担心无法及时得到补给。他渴望有书可读,有新鲜鸡蛋吃,梦想来一盘煎鸡蛋配苹果。他已经受够了咸鸡蛋和结构图,他都快疯了。

3月初,随着气温回升,积雪开始融化。7日,下午3点许,吕西安在睡眠中被一阵马达声惊醒,声音来自斜坡,从小路下方传来。他立刻认出了那辆汽车和司机,就是3个月前去马塔皮耶火车站接他的那个人。后者带来的消息令人不安:在巴黎,维希政府颁布新法,命令约里奥-居里申报其团队成员,居里在反对无果后,不久前也投身地下抵抗运动。不过吕西安稍可放心的是,诺奖获得者的团队成功隐匿,罗拉自此藏身于教堂的修女那儿。图卢兹的形势也相当紧张,卡尔莫镇矿工的工资被持枪抢劫。12天后,即12月8日,路易·索雷尔神甫被抵抗运动的突击队处决,玫瑰之城的形势一直未见好转,几乎到了完全失控的地步。3月1日,图卢兹市中心一家名为"多元"的电影院发生未遂袭击,结果,法国和德国警力被前所未有地布置在这一区域。大家一致同意,负责这次行动的组织要迅速解散,一波大规模搜捕行动肯定少不了。当盖世太保和亲德民兵部队弹冠相庆时,气氛才会缓和一点。正是这个短暂阶段将给吕西安提供机会,让他能更有把握地融入图卢兹的角斗场。但他还得耐心地再等上三四个星期。

屋外白昼越来越长,屋内吕西安急得团团转,他睡得很少且很不安稳,不停地思念着罗拉。3月下旬,本堂神甫住处旁的田野被一群绵羊占领,吕西安自责怎会一点没发现它们的到来。他从百叶窗后面窥视着绵羊的行动,但未发现附近有牧羊犬和牧羊人。一天傍晚,趁山上天还未全黑,他无视安全规定,走出去跟它们说话。空气中弥漫着紫藤花的香味,他感觉获得了灵感,羊群在认真倾听。他深受鼓舞,即兴来了一段"对动物的演讲",从中感到了无比的乐趣,第二天又重复他的成就。第三天,有一头羊也要求发言。吕西安想想还是不要在白天淘气了。

春天终于来了,气温上升,吕西安也从他的甲壳中出来,在本堂神甫的屋子走来走去,像一头愤怒的狮子发出低吼。一天早上,他把一张桌子叠放在另一张桌子上，上面还加了一把椅子，试着打开通向屋顶阁楼的活板门。他费了很大劲才钻了进去，光线从枪眼似的小窗透进来。吕西安察看着旧物及横梁，清点地板上杂七杂八的家具、小摆设、绘画、孩子玩的木马，还发现几只木筐，里面放满了小学生的练习簿和写满字的纸张。他认出那是杰夫的作文簿，《感觉美丽》《秘密》《战争与和平》，杰夫的每篇作文都能得到表扬。在一个用钥匙锁上的柜子里，吕西安找到一本椭圆形的装饰艺术风格的相册，里面有十几张贴在硬卡纸上的银版显影照片，用铅笔写着"大阪，1932"。一个女子出现在4张照片上，一个25岁的漂亮褐发女人。在其中一张照片上，杰夫拦腰搂着她，仿佛搂着一名艺伎。吕西安认出照片上的和服就是眼前对折挂在衣柜里的那两件，不由会心一笑。几张纸片从相册滑落，有手写的，也有剪报，涉及某个叫埃托尔·马杰罗纳的人，吕西安推测是一名失踪的物理学家。他匆匆浏览那些记录，在一连串古怪的拉丁文姓氏中，他认得"恩利克·费米"和"欧杰尼耶·蒙泰尔"几个字，后者是罗拉父亲的姓氏。他明白了，手里拿的是罗马原子能物理研究所的组织架构图，心想是怎样的奇迹让这份文件出现在这里。据他所知，杰夫和罗拉只见过三四次面，并且他每次都在场。他有些焦躁地翻找柜子里的其他东西，在衣柜深处的一个鞋盒里，他发现了一批仔细折叠的爱马仕方巾，印有马车和皇后图案，用紫色的纸包好，一共有12条。他一条条仔细查看，像罗拉教给他的那样，检查折边的颜色。他在每条丝巾上都发现了蜡染的痕迹。

抵抗组织的伙伴们干得不错，他们花了时间精心打造了剧本。1944年4月3日早上8点，当吕西安·"杜卡斯"出现在卡皮抚利民广场1号的应聘现场时，图卢兹市政厅一半的工作人员都以为他是"莱奥的儿子"。莱奥·杜卡斯，外号"足迹"，自行车赛冠军。另一半人以为他是此地著名烹饪大师雷蒙的侄子。这两位当地的杰出人物去年7月相继去世，只隔了15天，因此谁都不敢向这位新成员问些什么。吕西安的办公室在市政厅三楼，一间30平方米左右的小阁楼间，远离公众区。他成了抄写员，负责询问并填写身份证件上的有关栏目，在签字前贴照片和贴印花税票等。他与两个比他大30多岁的资深同事分担民政事务工作：法朗索瓦-勒内·潘塞特负责开结婚证、出生证、死亡证、户口簿，雅克·德安东则负责登记本部门签发证件的全部资料。

吕西安曾抱怨图尔农街太乱，爱德华·梅森爱喝口小酒和午后小憩。比起这里的官僚生活方式，那真是小巫见大巫。吕西安很快明白，图卢兹的政府工作人员是轮班工作。德安东在早上8点到正午之间，是一名出色的抄写员。他一大早就到，脸颊红润，做事麻利，充满干劲。然而午休回来后，他就开始变得易怒，注意力分散，通常只弄出些令人心痛的废纸团。他常常抱怨文具破烂，毫不犹豫地离开岗位，到市政厅其他部门讨要新物资。他可以整个下午都溜出去，出现在不同楼层或附近的小酒馆，一直到第二天早上8点，才精神饱满地重新出现。

相反，潘塞特面黄肌瘦，太阳一出便受消化问题的折磨。每天一开始，他大部分时间都蜷缩在自己的座位上呻吟，不断摆弄桌面的复杂装置，桌面的高度和倾斜度总让他感觉不安。早上，他的坏脾气一触即发，不时发出低声咒骂和谴责，对抄写过程中出现的每一个错误都恨得咬牙切齿。他就像一把令人胆寒的锯子，挥向这一层楼里人们的神经。用德安东的话来说，这是"骷髅之歌"。幸亏，午餐后潘塞特的胃痛会缓解，他开始证明自己的效率。两个抄写员之间的轮番发作，似乎以计时方式调节。吕西安只能自我安慰，至少不用同时忍受他们的胡言乱语。

除了那扇双开门,这间屋子唯一的窗户还对着一堵墙。工作负担并不重,轻松得很。吕西安可以透过窗子盯着那面红砖墙看上几个小时。他仔细观察煤烟在长方形泥砖上留下的痕迹,在上面叠加上帕米耶城高地阿列日峡谷的轮廓。百无聊赖的状态似乎还将持续,半年来,什么都没变化:布景一成不变,连眩晕也凝固了。吕西安绝望地等待行动,常常思考自己的未来,心想一旦战争结束,他与罗拉团聚后将做些什么。比较而言,他开始意识到书店的优势。撇开经济层面(经济因素可自行解决)不说,他无法忍受被钉在一把椅子里,在两个自大狂挑剔的目光中虚度时光。

他感到喘不过气来,胸口似有重物压迫,压得他胸腔塌陷、肺功能减弱。他支撑不住了,变得弯腰驼背,甚至快要窒息。在一个到处是书的环境里,他总能找到事做,按自己的意愿安排时间,即便在一个要求严格的老板身边,也能呼吸自如。相反,在这个民政事务处,与他的同事们一样懒散,他却感觉喘不过气。一天下来,人似乎被抽空,更不用说德安东衣服上低级小酒馆的烟熏味。这间屋子的污浊空气让人极度疲惫。吕西安已经无法摆脱老家伙们身上直冲鼻孔的腐朽气息,甚至下班若干小时后,他还能从毛孔、指甲和头发上继续感觉到这种气息。去办公室上班，就像没穿内衣就直接套上一件羊毛衣。

不过吕西安还是理智地控制了自己的厌恶感，他只需用整体观来看待形势并时刻牢记自己的使命。每个周日下午4点，他都会在加龙河岸，离皮埃尔·德费尔马高中不远的僻静处跟联络人碰头，取一小包体貌特征卡，包括地下组织成员的照片和一些假证明，但不能提任何问题。而他则把这一周制作好并由警察局认证过的身份证交给对方。警方没有做任何核实，仅限于签字盖章，他们信任市政府有关部门的核查，也就是说信任吕西安对维希政府的忠诚。吕西安亲自处理与警察分局的业务往来，单独负责市政厅和警察局两地的文件传送，并利用路上的时间偷偷塞入那些伪造的证件。就这样，他在一个月里为抵抗组织弄到了上百张假身份证，没有引起潘塞特和德安东的任何怀疑。

吕西安终于有了一种满足感，感觉自己是有用的。他还想做更多，最好拿起武器去战斗。每周的接头日，他都会直接向接头人提出这一请求。8个月前在巴黎最后一次见面后，吕西安再也没有见过杰夫。他的请求被一再拖延，答复迟迟不来，他越来越难以忍受。管他什么安全条例，他很想听听杰夫对罗拉那几条丝巾的解释。

吕西安住在托尔街的一处小膳宿公寓，离市政厅300多米远。他大部分时候都回家吃午饭，以逃避那些藏红花的气味，感受自己房间的气息。他下午6点下班，很少上街。两个星期来他已经遇到两次例行身份检查，为此胆战心惊了好几个小时。亲德民兵工作热情过高，让人在哪都防不胜防，即便市政府通行证明显地夹在钱包里。白天的简单检查都有可能变成悲剧，更遑论戒严后，天知道会是怎样的血雨腥风，因此他一般避免天黑后外出。他谨慎地观察这里的习俗，一本接一本地看书。星期六星期日，他趁着阳光明媚的好天气，出门了解这座城市，大步行走在街市。他并无确切计划，也不考虑线路，完全取决于有无行人的身影看上去像杰夫。他有时会跟踪一个人几公里，就为了看清那个人的脸。根据这样的原则，他常常会拐进小街小巷，但这并不妨碍他总去加龙河畔长时间散步。

　　5月27日星期六，中午刚过，在多拉德河岸新桥脚下，一个女人吸引了他的目光。她戴一顶女式小帽，衬托出一头褐色长发的秀美，看上去比他大15岁左右，漂亮迷人，酷似他在帕米耶见过的照片上的那个女人。他决定跟在她后面。她拐到古特利耶街，朝加尔默罗修道院方向走去，穿过卡纳小道，抵达马热广场，来到托洛萨纳街，在一家古董店门前停下，掏出钥匙，开门迎客。

第二天是星期天，吕西安再次来到托洛萨纳街，特意看了看店铺门面上的营业时间。接下来的星期二中午，他又来到马热广场，拿了份日报，在一个咖啡馆的露台上坐下。12点35分，那女人关了店门，朝圣埃蒂安教堂方向走去，一直走到三宴街上的一家餐馆。一小时后离开餐馆。吕西安没有再跟，而是在餐馆前门足足观察了10来分钟，然后决定推门进去。他走到柜台前，跟老板打了个招呼，要了一杯咖啡代用品，用报纸挡住脸，扫了一眼店堂里的客人，没有看到任何熟悉的面孔。他有些困惑，越想越觉得那女古董商与照片上的艺伎很像。喝了口滚烫的咖啡，他决定坚持不懈，追根溯源，就像格言所说，"跟着女人吧！"吕西安突然想到了罗拉的样子，不由黯然神伤。

同样的情景第二天继续上演。星期四，女古董商沿着河岸绕了一大圈，坐在河边享受春光，随后沿着梅斯街去她常去的餐馆。跟平常一样，她在下午1点45分左右独自走出来。吕西安又窥视了一会儿进出的客人，然后走进餐馆，一眼就看到杰夫独自坐在离柜台不远的桌子后，吹着口哨，在削一只梨，显得心不在焉。吕西安脚步重重地朝他走去。杰夫抬起头，认出他后，留着先知似的大胡子的脸上没有露出任何惊讶的神色。他用餐巾擦了擦手，默默拉开椅子，镇定地站起来，露出灿烂的笑容，正打算拥抱吕西安，餐馆的门突然被撞开，6个亲德民兵闯了进来。杰夫刚刚碰到吕西安的肩膀，两人就被按在地，双手被铐在后背，被枪管抵住脖子。

5
幽灵火车历险记

当温热的金属触碰到手腕,吕西安忍不住颤抖起来,一阵战栗穿过脊柱,手腕被勒得生疼。对一幅古老版画的记忆纠缠了他很多年,那是在特鲁奥拍卖行,那幅画只在他手上停留了几秒钟,然而那种印象到现在还如此强烈、如此可怕。他还清楚地记得那个图腾,那个灰暗的铁链,后面是螺纹和生铁绞盘,巨大而闪亮,活像一台手压装订机,涂了颜色的铁尖仿佛要插入颈部,拆散脊梁,捣烂骨髓。目前,他还只是从理论上提出这些问题。如果被逼到墙角,他很难想象自己能承受多久这样的折磨,可能一两天。因此,在最坏的情况未确定前,应尽量避免招供,减少人员损失。现在只能让达尔南①的手下

---

① 约瑟夫·达尔南,德国占领法国期间,维希政权的秘密警察头目。

处置了，要想尽一切办法，用一切手段拖延时间。

杰夫和吕西安被押到图卢兹准军事机构总部。那是位于迈亚克大街的一幢崭新的白色石头建筑，离植物园不远。他们在那里被脱衣搜查，随后分别接受审问。吕西安很快就明白是他导致了杰夫的被捕，而非相反。这样对他们两人相对有利些。审讯者的问题集中在民事登记处与某个叫热尔曼·福布拉的警察分局局长之间的关系，盖世太保怀疑后者操纵着一个庞大的偷渡与身份伪造集团，他们刚刚逮捕了他。这些黑色魔鬼利用法国密探的情报，进行最后的大清洗。吕西安相信自己成了那些亲德民兵的跟踪目标，但不知道始于何时。他像个傻子似的什么都没察觉，光顾着跟踪那艺伎。他算了一下，自己最后一次与联络人接头是在3天前。他应该先虚张声势，尽一切努力减少损失。

吕西安大着胆子，抗议对方如此对待一名维希政府的公务员，一个两个月来在自己岗位上勤勉工作的爱国者。他补充说，他曾经很荣幸在"青年工地"服务过。他抬起头，伸出手臂，掌心朝上，提到了那个集中营的名字：勒菲耶，在上萨瓦省安纳西附近的吕米伊。关于这事，他曾在女房东那里看到过一篇文章。至于跟踪那位褐发女人，他推说是因为春天让人春心荡漾。他还坚持说，1941年初以来，他是第一次重新见到阿尔贝·梅拉，即杰夫·戈德曼，而且无论他还是他的这个朋友，都没来得及说上一句话就被逮捕了。打他耳光的人少了点底气，亲德民兵们也拿不定主意，官僚主义办事效率低，想到要重新印证一个人的身份，或通过合法途径判定他的服役状态，他们就已经烦了。

吕西安据理力争了两个小时。审讯者问到他的办公室同事时，他什么也没说。他们的问题十分刁钻，总之，他几乎怀疑是潘塞特和德安东在从中捣鬼。

半夜，吕西安取回衣服，匆匆穿上，随后被枪口抵着肋骨来到大街上。在大楼门前，他见到了杰夫和另外4个人在车灯下等待。一声哨响，6名囚犯和押送他们的人爬上一辆遮了篷布的卡车。卡车拐向加尔默修道院方向，经过法院继续往前开。车厢里，囚犯们不约而同长出一口气，他们可以休息一会儿了：车没有朝盖世太保的方向，而是朝圣米歇尔要塞——法国监狱的方向开去。

吕西安在图卢兹监狱待了整整一个月。他被分在杰夫隔壁的囚室，二楼，位于3号副楼尽头。这是监狱中被严密监视的区域，主要关押恐怖分子。他与12个倒霉蛋一起被关在同一间牢房。鉴于这里人满为患，他们这点人数还不算太多。但众所周知，囚犯中很可能潜入了密探，所以谁都不敢说话，不敢正眼看别人。囚犯们往往在角落里缩成一团，一动不动，整天保持死一样的静默，眼睛看着地上，在等待铡刀落下，随机铡了他们中的某一位时，相互递着香烟。

1944年6月6日，诺曼底登陆的消息在圣米歇尔监狱传开。大家都开始躁动不安，竖起耳朵听外面的动静，试图加强与外界的联系。厕所小广播成了信息中心，各种消息在看守人员之间疯狂传播：有些传递来自伦敦的消息和抵抗组织的传单；另一些则相反，散布世界末日的流言，使气氛越加紧张。几周以来，看守人员对囚犯的粗暴压制，也体现了他们的心虚、困惑与不安，也许他们比囚犯更慌乱。双方的情绪越来越激动，希望在不知不觉中转换了阵营，筋疲力尽的囚犯们急不可待地等待重生。

每天放风时，吕西安几乎都能遇到杰夫，每次见面他总想说几句话，但他急迫地说一番后，总是失望地得到杰夫几句套话，或者生硬地要他遵守纪律。其实吕西安十分谨慎，在接近杰夫时甚至非常机敏，任何时候都不触及核心问题，也从未提及艺伎或罗拉的名字。他不相信有人叛变，急于知道他的恋人与杰夫之间到底是什么关系。他怕暴露自己的秘密，又很想了解更多的真相，所以宁愿保持沉默并远离杰夫。再说，杰夫也没有给他吐露心声的机会，每当他流露出一点个人情感，杰夫都会毫不犹豫地指出时局的残酷。对于当前的乐观倾向，他带着极其不信任的态度冷眼旁观，显然感到十分讨厌。他总是说监狱里到处是密探，一再强调必须小心谨慎。他的脸一天比一天冷峻，眉头紧锁，额头生出深深的皱纹。

"你不觉得对我们中的大部分人来说，结局会很惨吗？"杰夫猛然指着院子里四处放风的几十个囚犯说，随后又陷入深深的沉默。

吕西安努力不让自己被杰夫这种真实或虚构的负面情绪影响，悄然离开，相信杰夫也许已经将他视作危险，甚至把他看作叛徒。

6月28日，放风时杰夫没有出现。晚上厕所小广播传出的消息更令人担忧。"教授"落入了盖世太保手中，被转移到迈雅克街的"小城堡"，离亲德民兵总部只有几百米。吕西安一下子感到有把钳子钳住了自己。跟1944年初夏的所有政治犯一样，他的命运客观上取决于一个因素：小分队的行动。物资破坏、火车出轨、仓库油库起火、对德国士兵发起攻击，抵抗组织的行动在这个地区风起云涌。在占领者的眼里，这就为残酷镇压提供了合法性。德国宪兵、盖世太保、法国的亲德民兵和各路德国警察每天来圣米歇尔监狱挑选犯人，就像到恐怖的人肉市场分配人质和受害者。囚犯们似乎已经认命，接受抽签似的厄运。他们因饥渴、疲倦、粪桶的恶臭、恶心而变得麻木不仁。如果未被抽中，他们就松了一口气，又多活一天，有时或许只多活一个小时。

6月30日晚上，一个消息惊雷般在3号副楼炸开，只有4个字："明天出发！"吕西安一整夜都像鲤鱼一般翻来覆去，生死未卜，他根本无法入睡。7月1日，将被运走的囚犯们守着行李站了一整天，久等无果。2日凌晨，德国宪兵将高度警戒区的犯人集中到一起点名，共有42个女人和148个男人，杰夫未在其中。临近11点，囚犯们爬上帆布篷卡车，车子一直将他们运到卡法雷利兵营。他们被枪托赶下车，来到院子，接着被集中到一座建筑物二楼的一个被改造过的破旧大厅，在那里与昨天从图卢兹维尔内兵营转来的500名同伴集合。

在进入这间无比巨大的大厅时，吕西安有一种强烈的感觉，仿佛钻进了《盲人寓言》。那是老勃鲁盖尔的一幅名画，他在罗拉陪伴下在罗浮宫看到过仿作。这些人与荒芜破败的环境很相衬：一张张被残暴虐待、被贫穷经年折磨的脸，十多个奄奄一息的病人、伤者、拄着拐杖的残疾人。在夜色下的杂乱中，一个老人躺在地上，旁边搁着一条带关节的假肢，犹如超现实主义的作品。吕西安揉揉眼睛，察看这堆饱受摧残的躯体：有的是盲人，有的少了胳膊，有的少了耳朵，年轻和健全的人只占了极小一部分。他们说着西班牙语、意大利语、波兰语、罗马尼亚语、匈牙利语、捷克语，吕西安第一次听到这么多语言在此回响。有时还能意外地听到某处传来歌声，轻哼的摇篮曲。吕西安朝窗口竖起耳朵，甚至能捕捉到大街上的嘈杂、电车驶过的呼啸声、小孩的哭闹。吕西安感到自己从活人的世界被开除了，孤独地混迹在一堆行尸走肉中，他甚至觉得自己还不如一头牲畜，是一大堆物品中的一件，是德国人手中一件世界末日的玩物。

第二天黎明前夕，红十字会得到准许来发放食物。早晨6点，图卢兹还处在清晨苍白的阳光和温热的空气中。囚犯们被搜身后又被随意驱赶到停在兵营里的卡车和巴士上。他们在雷纳尔火车站下车，等待他们的是讥讽和辱骂。在站台上，他们又遇到一小队同病相怜的人，大家一起登上了幽灵列车。吕西安认出其中有杰夫的身影，心怦怦直跳。杰夫似乎受到了严重折磨，但总算还能站立，没有拄拐杖。吕西安好几次试着向他发出信号，但他很快就消失在人群中了。

早上8时许，在面无表情、动作野蛮的德国警察的监视下，690名被流放者爬上运家畜的车厢，70人一组。随着车厢逐渐被塞满人，车门关上了，挂上了铁锁，士兵还用木条从外面将车窗封死。车厢内很快变得让人无法呼吸，男人们脱下衣服，光着发臭的身体一个紧挨一个，不久便浸泡在排泄物中，如在地狱的垃圾场里。吕西安不敢起身，他坐在地板上，腿无法伸开，双手抵在水泥粉尘中。火车在车站迟迟未开，没有任何解释。

第二天黎明，火车依然没有动静。10点左右，教友派教会的人送来面包和热饮，但谁都不许下车。1944年7月3日12点整，火车终于启动了。

满是灰尘的长蛇终于朝波尔多方向前行，开到平原时突然刹车。吕西安听到车厢外有士兵踩在石渣上的脚步声和检查挂锁的响动，他几乎能感觉到他们的呼吸，他们的耳朵贴着木板，狼蛛一样的手抓着车厢壁。德国人很可能是听到了锯子的声音或撬动木板的响动，也许想随便找个理由来鞭打囚犯。检查行动持续了约45分钟。

过波尔多不久，在昂古莱姆铁路线上，列车遭遇了一场暴雨。雨水渗入车厢，车厢立刻成了桑拿房。囚犯们在烤箱似的车厢内支撑不住了。晚上7点，中途休息时，他们被允许在草地上舒展一下腿脚，喘口气，随后又被一个个搜身，重新登上火车。夜幕降临，火车往北驶去。图卢兹、波尔多、昂古莱姆，毫无疑问接着是普瓦提埃、巴黎、贡比涅……对所有人来说，线路自此似乎已直指终点：柏林。然而，一个小时后，火车又停下了，在伸手不见五指的黑暗中，司机莫名其妙地做了许多动作：变了两三次轨，后退、前进、急刹车，重新启动。每次停车，士兵都要跳下火车，用大功率手电筒重复检查流程。车厢内，没有人能睡着，也没人完全死去。

第二天早上10点左右，昂古莱姆车站似乎还很远，列车在离昂古莱姆首府约50公里处一个叫帕尔库勒-梅迪亚克的地方停下，被堵在荒野的一条备用铁轨上，离小火车站约200米远。这地方太安静了，如置身于化石森林和昆虫世界，黑暗得只有爬行动物才看得清。吕西安和他的难友们伸长耳朵，屏住呼吸。突然，他们好像听到了飞机特有的隆隆声。飞机全速向他们靠近，根据声音判断，至少有五六架。德国人四处叫喊，吕西安凑近车壁，试图看清外面的场景。木板在他手下松动了些许，他把眼睛凑近两条木板的缝隙，正好看到涂着英国皇家空军徽标的尾翼。大部分士兵四散躲避，乱作一团，但也有纪律严明的士兵分成小组，守在离铁轨约50米处。他们穿着防水蓑衣，井然有序地沿铁路排开，镇定地监视着车厢门。

飞机很快又飞回来，这次是俯冲射击。车厢内，囚犯们在一片无法描述的惊恐和混乱中，你挤我压地卧倒。吕西安发现，子弹穿透松木板条就像穿过一层纸。两名年轻囚徒冒着枪弹，成功地撬开了堵住车窗的板条，在窗外挥舞破衣服，算作投降的白旗。扫射停止了，英国飞行员掉头，急忙把将炸弹扔到远处。吕西安透过被打成筛子的板条，看见有担架进出。他数了一下，囚犯死了三个，还死了一个德国士兵。一整天都有救护车来接走伤员，机械师傍晚时才出现，火车头需要大修，囚犯们必须留在车厢里。

英国空军继续在这一地区巡视。7月5日，列车小心地停留在帕尔库勒-梅迪亚克，士兵们站在离车厢几十米的地方，禁止一切暴露行踪的行为。这一天，吕西安和难友们都断了水。6日下午，火车朝昂古莱姆方向开了不到5公里，又在夏尔芒停下，在铁轨上整整卧了两天，其间国民救援队送来洋葱汤。7月8日，到了昂古莱姆，火车站早已面目全非。吕西安看到一些工人挥着铲子和铁镐，推着小车在忙碌，火车无法走得更远。士兵们显得越来越神经质，每天要重复无数遍"抗德游击队"这个词，变本加厉地怀疑车上的犯人。傍晚，火车往回折返。

7月9日、10日、11日，火车滞留波尔多，瘫痪在一个荒芜的货运车站上。国民救援队送来饮用水。车厢内，维尔内来的伙伴们已经断粮，吕西安感觉周围的人谵妄越来越严重，渐渐影响了人们的情绪，就如"水母号"船失事后木筏上的人互相吞食。

7月12日凌晨2点30分，卫兵大声叫醒囚犯，吕西安从车厢中间被赶下，推到一条沥青路上，两边站着武装到牙齿、穿着制服的人。士兵们心满意足地吐着口水，用电筒晃囚犯们的眼睛，殴打他们，骂他们一副海盗的样子，强迫他们5人一组站到站台上，用枪托和木条抽打他们。啊，吕西安终于可以喘口气了，感到清凉的空气在肺部进出。队伍终于排好了，女人领头，在棍棒的催逼下上路。吕西安在黑暗中寻找月亮，但没有找见。他们走出火车站，朝胜利广场方向行进。

阿城的要塞早就人满为患，拉比哈街的犹太教堂已被德国人征用，改为军队的监狱分部，经常有运送犹太流放者的列车在此地中转。纳粹对这处神圣之地的亵渎不分内外，彻底破坏。主入口三扇雕花胡桃木大门旁边，德国人硬是用大锤将白色的大理石铭牌砸烂，然后用风钻在建筑外墙乱刻乱画。教堂中殿被带刺的铁丝网隔开，正对祭台的7个大烛台也只剩下5个。右侧立柱后面巨大的管风琴留有被冲锋枪扫射及被燃烧弹和硫酸破坏的痕迹。便桶靠门一溜排开，毫无遮掩，令人恶心。地上的草席布满黑色灰尘和跳蚤，看守似乎也懒得管。吕西安从头到脚领教了跳蚤的厉害，苦苦搏斗，胸前背后日夜挠个不停。他在持续不散的臭气中无法入睡，渴望有件干净清香的换洗衣服。早上，他趁洗脸的机会把衣服放在冷水中搓洗一番，但他没有肥皂，臭虫注定会卷土重来。一穿上衣服，他就又开始抓挠，都挠出血来了。雪上加霜的是，食物令人恶心，不管哪一餐都是清汤寡水。除了等待还是等待，除了跳蚤什么都缺。这完全不是吕西安所想象的战争，他也没有想到过战士竟如此孤独。

杰夫从来不过来找吕西安，而更愿意同幽灵对话，他有着西班牙共和党人的那种忧郁。他几乎不再跟吕西安说话，吕西安只能保持距离，悄悄关注着他，看着他被痛苦折磨，神情日渐忧伤。7月31日下午，德国人把流放者赶到院子里，让他们在犹太教堂栅栏门前排好队。在死一样的寂静和铅灰色的太阳下，一个盖世太保军官一字一顿地念着一份名单。他喊到的10个男人立即从队伍中出列，其中就有杰夫。"马上出发！"所有的囚犯都迅速回到教堂里，帮难友收拾东西。杰夫没有提包和箱子，脸色平静，迈着坚定的步伐走过大殿。经过吕西安面前时，朝他微微笑了一下。

第二天早上，吕西安朝院子里看了一眼，盖世太保已经把人质带走，他发现那些不幸者的物品依然留在墙角，就像一堆正在受难的包裹，显得十分可怜。他回忆起圣旺旧货店里的一堆堆旧衣服，怎么也不相信一堆破烂衣服可以有如此悲壮的光芒。

8月7日，他们接到命令，把所有行李集中到中殿。这是准备出发的信号。

8日半夜2点，德国人把囚犯集中在教堂前面点名。3点50分，队伍在黑暗中出发，一直走到货运火车站，爬上一列运牲口的火车。一个月前，他们就在同一个站台下的车。列车静卧站台，天快黑时才终于启动，穿过阿让、蒙托邦，次日半夜两点抵达图卢兹，接着又经过卡尔卡松、贝济埃、蒙彼利埃。

8月11日下午3点左右，吕西安发现火车在离尼姆几公里处的圣塞泽尔火车站停留片刻，以便卸下尸体。极度虚弱的囚犯们得到一块方糖。那些身体处于脱水状态的人难以承受酷暑，逼仄的空间、受限的身体姿势更让人不堪忍受。强壮的囚犯，如吕西安这样的，必须把最虚弱的拖到窗口边，让他们呼吸几口新鲜空气，苟延残喘。其他人则躺在地板上昏睡，等着轮到他们吸几口氧气。

12日，列车停在勒穆兰。在英国空军连续空袭的威胁下，列车一直停到了17日。8月15日，盟军登陆普罗旺斯的消息传到车上，加剧了押送者的恐惧，他们脸上露出溃败的神色，惊恐地望着天空，尤其害怕空军的侦察机。一场与盟军比速度的战斗开始了。

17日，列车继续北上，停在圣灵桥稍远处，铁路止于罗讷河。士兵们决定赶着650名囚徒步行换船。队伍勉强向前移动，穿过许斯克朗和莫尔纳葡萄园，由木桥过河，继续往南，朝新教皇堡方向走。囚徒们筋疲力尽，艰难跋涉了17公里，终于到达索尔戈火车站，找到了水喝。不幸再次降临运家畜的车厢，吕西安发现点名时少了很多囚犯，有的成功地逃走了，有的因衰竭而死。他暗自发誓，一旦上车，就不放过机会。

黄昏时分，列车重新出发。第二天上午10点刚过，火车在离皮耶尔雷拉特不远处再次成为盟军空袭的目标。在蒙特利马尔，吕西安数了一下，囚犯死了9个，还有12个伤者。8月20日，幸存者在瓦朗斯徒步穿过德龙河。他们看到，幽灵火车像变魔术似的出现在河对岸。21日夜间，他们穿过了里昂，22日早上过了马孔及索恩河畔的沙隆。

德国边境越来越近。过了边境，必死无疑。吕西安周围，大部分囚犯已极度虚弱，不是神经错乱地尖叫，便在沉默中担惊受怕，渐渐失去语言功能。比起其他肌肉，舌头在饥渴和酷热中更容易僵硬。

吕西安想，必须趁自己还有一点力气，尽快行动。他说服了几名同伴，动员了最强壮的几个人。他们在这个棺材似的车厢内开始寻找有望撕开一道口子的地方，把各自躲过搜查搜集到的一点可怜工具汇集到一起：几把剪刀、两三把小刀、几把锉刀和一根铁棍。铁棍是渡德龙河时一名囚犯突然起念从压舱物中偷拿的。他们轮流替班，用指甲和宝贵的工具，从两头撬同一块地板。出于安全考虑，他们只在火车达到一定速度时才动手，一个人贴着车窗，当列车速度降下来时负责提醒大伙。

22日夜里，他们用铁棒成功地撬开了两块完整的地板。车厢里有一个叫蓬科尔的人，原是阿城监狱的老囚犯，在1943年12月被逮捕之前，一直是铁路系统的机械师，这位技术高手仔细检察吕西安和同伴们在木梁底下发现的金属构件，注意到一块宽大的三角形构件，应该属于车厢的刹车系统。他说可以从这个部件中央滑下去，让双脚接触到地面，头部朝着火车行进的方向猛地向前扑倒，腹部着地，卧在两根铁轨中间，双臂紧贴身体。他建议先小心测试一下支撑物，进入三角形构件时，保证不会碰到左轮和右轮，而且也要小心，不能卧在铁轨正中间。"因为最后一节车厢底部中间，总会有一根坚硬得足以粉碎牛头的钩子。"他解释道。

　　车厢里，很多囚犯已无力承受这样的冒险。志愿者抽签决定先后顺序，吕西安抽到第7号。他仔细观察同伴钻入构件时的姿势。为了避免下去时被什么东西钩住，出逃者必须把衣服塞进裤腰，裤腿塞进袜子。然而，在每小时40公里的速度下，人与道碴相碰的冲击力度还是很大的，但谁都没想到要保护牙齿。吕西安想了一会儿，从自己长裤的裤腿剪下一圈，放在潮湿的双手中搓揉了许久。排在他前面的那个同伴犹豫了好一会儿，终于在车厢里起身，控制住自己的颤抖，不看地上的道碴。轮到吕西安了，他毫不迟疑，迫不及待地咬住布条，让黑夜吞噬了自己。

结　局

细看松松在主人肩上静止不动的那张照片，人们发现，吕西安的微笑中毫无受过伤害的痕迹，他笑得清新、灿烂，如屏幕上耀眼的明星。受阿尔古摄影室光影处理的启发，艺术家选择将镜头对焦在拍摄对象的上门牙，以突出人在历尽劫难后器官之间达成的默契。这张在各方面都十分精彩的照片，是"鼹鼠"于1944年10月借吕西安重回巴黎之际，在让-德博韦街他自己的工坊里拍摄的一系列人物肖像照中的一张。在这个系列中，我们可以看到爱德华·梅森和他的妻子奥黛特；有勃兰特挽着莫尼的胳膊，神情喜悦；还有"鼹鼠"自己。当然不能忘了皮托克，所有人当中最得意扬扬的那位，他坚持摆出与众不同的姿势，在镜头前躺在一块黑布上，身边围了一圈波兰白兔。吕西安离开后，松松和它的女伴就寄养在皮托克家里。几个月后，兔子家族越来越兴旺，而皮托克也离不开这些小动物了。从1940年10月他的存货被搬离起，这位社科书籍专家就一直独自生活，把自己关在马扎里娜街的一套小公寓里，不跟任何人来往。缺少跟人沟通，反而让他发现了自己操作刻刀、仿制版画的天赋，于是他把时间花在切割亚麻油毡边角料、浇铸石膏模具和制作假印章上。他可以逼真地模仿签名，制作任何假身份证件。他炮制赝品的效率如此之高，很快就成为梅森组织网中的重要供货者。谨慎起见，他从不出公寓大门，那是战前他以一位密友的名义租下的一套工人公寓。只有两个人被允许进他的家门，每天早晚例行给他送去一些必需品。结果，邻居们都以为那位租客大概是个可爱的荡妇，为保持苗条，每天只吃些谷类食物。

1945年2月，经过冗长的司法程序后，皮托克和莫尼收回了一家店铺的经营权。爱德华·梅森享有极大的声望，终于向来自各方面的善意压力作出让步，几周后重新开张了他的中间体书店。经过7年的忠诚服务，吕西安得到了一份合乎法律规定的劳动合同，工资得到了保证。前景越来越明朗，秩序逐渐恢复，压力骤然消失，经历了那么多漫长复杂的痛苦后，生活重新找回了自己流畅的节奏。

仔细看看，世界似乎并未发生多大变化，人们往往带着复杂的心情，重归生活指定给他们的位置。吕西安则不得不忍受巨大的凄凉，战争夺走了爱他的人，他所敬仰的人，他感觉亲近的人，在寒冬里给过他温暖的人。吕西安默然地为死者的那些愿望悲泣，他似乎想埋葬这个世界，像个卑微的工人，常常陷于愤怒。每每想到死于上萨瓦尔省托讷大轰炸的母亲，想到大轰炸的前两天，1944年8月1日，在苏日集中营与49位同志一起被杀害的杰夫，想到在巴黎圣母院附近医院病床上奄奄一息的罗拉，吕西安就胸口堵得慌。

医生对罗拉的病情不抱任何希望，罗拉的肺部呈现急性辐射综合征，也许这是最要命的情况。诊断是在吕西安出发去帕米耶后一个月做出的，当时，罗拉因久治不愈的支气管炎而去就诊。1月7日星期五下午3点左右，罗拉在化学实验室晕了过去，嘴角流血。约里奥-居里立即将她送到邻近的教堂医院位于地下的A2诊区。她在那里接受了一位放射线疾病专家的检查。专家认为，这是慢性辐射中毒，病人曾每天操作氧化铀，并与各类放射性物质反复接触，体质长期虚弱加剧了中毒症状。除了吗啡，没有其他任何治疗能缓解病人的痛苦。

吕西安每天晚上都去探望未婚妻，罗拉每次都想让他放心，但她的精气神一眼看去就很不好。她一直没能从失去父亲的打击中走出来。去年11月25日，她父亲欧杰尼奥在德国宪兵对克莱蒙费朗大学的大逮捕中死于非命。吕西安见罗拉瘫倒在他脚下，如一摊水，无法扶起。他竭力在她面前保持幽默，款款深情，但是很难忍受看到她的头发一点点掉落，眉毛消失，皮肤破裂，渐渐变成半透明。她无法再走动，吕西安眼睁睁看着她的美貌一去不返：人间不该有如此痛苦，人不该被如此糟蹋。

吕西安一回首都，罗拉就向他揭开了丝巾的谜团。1941年1月，杰夫在巴黎避难时，曾背着他直接跟她联络，向罗拉转告了伦敦和华盛顿流传的对约里奥-居里的怀疑。尽管后者信誓旦旦，重水被成功地转移到了英国，英国人和美国人对他与纳粹物理学家的密切往来还是很警惕，就像警惕他与维希政府年轻官僚的良好关系一样。杰夫努力说服罗拉，告诉她在法兰西公学院所处的位置具有多么重要的战略意义。他没有绕圈子，直接建议她为BCRA[①]刺探德国和法国核化学部门有关回旋加速器和实验室的资料。罗拉大叫起来，她没有任何理由背叛她的恩人，后来才明白真正的战斗原来在别处。就

---

① "中央情报与行动中心调查局"的法文缩写。

这样，整整3年时间，罗拉整理备忘录和工作报告，记录化学反应式以及她在公学院内部走动时所有能弄到手的公式。实验室人员必须严格遵守禁令，什么都不可以带回家，但她用巧妙的方式躲过了检查。她的工作台上一直放着一小瓶透明的液体，是具有高度放射性的"污泥"的剩余物。她用小发夹偷偷地把草图画在爱马仕方巾上。一旦晾干，"污泥"就如隐形墨水无迹可寻。杰夫只需把丝巾铺在荧光纸上，便可辨认出字迹，随后用专业相机拍下内容，再把情报用微型胶卷送到伦敦。

杰夫将他的秘密带进了坟墓。具有讽刺意义的是，1945年5月9日，正是弗雷德里克·约里奥-居里亲手给罗拉颁发了荣誉军团勋章，以表彰她为国家做出的杰出贡献和她在科学研究领域的"成就"。罗拉活不了多久了，也没有足够的力气谦虚。再说了，上面也不会给她这种机会。授勋仪式持续不到10分钟，自始至终哀婉动人。吕西安用轮椅把罗拉推到主宫医院前庭的花园里，那里搭起一个舞台。在众人悲伤的目光下，轮椅在碎石地上被卡住了，吕西安不得不独自解决问题。面对陌生的人群，在众人的期待下，他做出一些有点羞愧的动作：双手插在罗拉肋下，用尽力气扶着她站起来，仿佛托着一具皮包骨头的布娃娃，等待达官贵人为她别上勋章。这一天，就像他参加的每一次爱国仪式，透过约里奥-居里，他觉得很可笑：大家都在弥补自己在刚过去的历史中犯下的过失，用最肮脏的手段，即通过授予受害者荣誉，来感谢他们做出的牺牲。赤裸裸地强迫死者沉默。国家张开大剪刀，重新修剪它的传说：被占领的法国发现了它的英雄们。

6月7日，爱德华·梅森在书店收到一封写给吕西安·杜卡斯先生的信，是幽灵火车幸存者委员会寄出的。当吕西安得知上述委员会打算提名他为法国抵抗运动勋章获得者，以表彰他在17号车厢囚犯逃跑过程中做出的贡献时，他的第一反应是拒绝。他觉得自己不够格，他在抵抗运动中的作用持续了不到两个月，而且坦率说，最后是以悲剧收场。确实，除了吕西安自己，没人知道。9个月来，在有关自己被捕一事的叙述中，他一直坚持的版本是，他在例行接头时被亲德民兵逮捕。反正杰夫已无法反对他的说法，那个艺伎和接头人也没有再出现过。德国人摧毁了他们的地下网络组织，这封信再次证实了这一点。刚回巴黎时，狂喜中的吕西安不想破坏欢庆气氛，可现在他感觉已经难以回头。罗拉竭力鼓励他接受，莫尼历数吕西安可从中得到的好处，爱德华·梅森则已经在到处吹嘘,他为培养一名西方世界的英雄做出了贡献。他不完全是在开玩笑,在兴奋激动之余,他允诺要送一套配得上盛大场面的西装给吕西安。吕西安默默发笑,他敢打赌,肯定是1943年秋老板借他穿过的那套旧的结婚礼服。他仿佛又看到自己站在爱马仕商店的镜子前,西装合身地穿在身上。他迟疑着,王顾左右而言他,想后退,但理由不够充分,除非他承认一切。可是承认什么?承认他的疏忽?眼睁睁看着外界在一天天改写他的过往,吕西安开始怀疑记忆的可靠性。6月21日,他宣布同意披上英雄的外套。他并未解释理由,但头天晚上,莱昂在特鲁奥拍卖行重新出现,终于扫清了他最后的顾虑。

罗拉于1945年8月5日下午7点45分在主宫医院的地下室去世,没留下一句话。那里离吕西安1922年出生的产科病房只隔了几级台阶。他很早就做好了最坏的打算,罗拉去世时25岁。"死亡不分年龄。"有人这样说过夭折的孩子。吕西安慢慢接受了这种说法。在巴黎圣母院前的广场上,他凝视着查理曼大帝和他近臣的骑马塑像。母亲一直说这座塑像是他两位远房表亲的作品,大博尔南德那边的亲戚,但她未能拿出任何证据。在酷热的晚上，吕西安独自一人。他感到很惊讶，他所亲近的那些人是那么狂热：狂热地去了解，狂热地去爱、去付出，狂热地让生活服从于某种理念。他一直不明白杰夫和罗拉是凭怎样的科学直觉，把彼此的命运联结在一起。他们在这场战争中秘密战斗，如纪律严明的士兵，都认为原子能既是当今战争的关键，也是明天解决问题的万灵药。他们对此深信不疑。

他们想在这条道路上走多远？

下午7点55分，巴黎圣母院上空雷声滚滚，仅几秒钟，天空便乌云密布。游人们匆匆过桥找地方躲雨，广场中央很快就只剩下吕西安一个人。豆大的雨点打在他脖颈上，淋湿了他的头发和脸。他决定在暴风雨中淋一会儿。

同一时刻，9500公里之外，一片黑雨倾泻在广岛的那些幽灵身上。